幻影歌劇 -komische oper-

-來自魔鬼的請柬-

米川明
烏綠

Since 1743

CONTENTS

Komische oper.

erster aufzug : Die vergessene oper

Zweiter aufzug : Silber am spinnrade

- Komische Oper -

ERSTER AUFZUG : DIE VERGESSENE OPER

act one
被遺忘的歌劇

第一章 被遺忘的歌劇

Erster Aufzug : Die Vergessene Oper

濃濃的白霧瀰漫在科米希，這是個從新文藝復興時期就相當活躍的自由城市。復興的藝術運動對人們造成深刻的影響，包括他們的生活習慣、文化水準都有一定程度的改變。人們放下對工作的熱情，改而探索各種知識，他們從參與的藝文活動中，追尋所謂的現實主義、人類的情感。

這項運動，也為歐洲各國帶來罕見的文化繁榮，並且開創一個嶄新的復興時期。

在所有熱衷於文化運動的城鎮當中，最為人津津樂道的，就是科米希這個城市了。它的名字可以解釋為詼諧、逗趣，也有奇異與不尋常的含義。外地人或許會稱呼這座城市為「科米希城」，但是對住在這裡的市民來說，他們都管這座城叫做「歌劇城市」。

科米希市名的由來與藝文活動的流行息息相關。有鑑於過去的藝術黑暗時代，政府大力推動文學、藝術、科學和建築的文化風潮，帶來新藝術的革命與潮流，使城市的藝術家得以創造各項作品。這項創舉開放了過去曾經封鎖一時的藝文活動，造就相關協會的出現，由業餘詩人與作曲家設立的名歌手協會就是一例。

當貴族與平民紛紛投入文藝復興的社會氛圍之中，政府為了跟隨潮流，以及標榜「藝術平民化」，便選在科米希城內大肆興建歌劇院。這個自由城市亦吸引不少慕名而來的藝術家定居在此，並迷醉於此地盛產的藝術與文化的寶藏。

故事的序幕，將從這個富含傳奇性的歌劇之城，如上演一幕幕不可思議的戲劇般展開。

這是一個帶著濕冷冬意與濃霧的早晨。

溫柔的陽光如往常一樣輕輕撥開尚未消散的濃霧，即使天色明亮，若被厚重的雲層與濃白的大霧圍繞，十月的初冬依然讓人打從背脊感到刺骨般的寒冷。

在科米希城裡，除了貴族與中產階級的家庭還能沉浸在香甜的睡夢之中，更多人已經離開溫暖的被窩，走到街上，準備開始一天繁忙的工作。

一道尖銳的馬嘶聲，激昂地劃破早晨寧靜的氣氛。隨即而來的便是急馳的馬蹄踩踏石子地的聲響，同時也包含男人驚恐的大喝。

「噓！噓！停下來！」

坐在馬車前頭的馬夫氣急敗壞地拉緊韁繩，幸好他在最危急的關頭，終於將那輛失控的馬車停了下來。

但是當他抖了一次韁繩，準備驅趕馬兒離開街上時，卻發現馬兒無動於衷。

「快走呀！喔，願主保佑！這匹馬居然不走了！」

馬夫不停的鞭打馬兒，發出撕裂空氣一樣的聲響，讓不少人停下忙碌的腳步，聚集在街道兩旁，交頭接耳的談論街上這起意外。

馬車的外觀裝飾得美輪美奐，顯然是哪個達官貴族所有。然而，圍觀的群眾除了看熱鬧與評論之外，卻沒有誰願意對那位焦急的馬車夫伸出援手。

他們看起來冷冷淡淡，好像沒有一絲的同情心。

先別急著下斷論，那些人可不是優秀的馬師，即使心裡想幫忙，看到難馴固執的馬兒彷彿被釘在原地動也不動，誰也不敢充當英雄強出頭，拿自己性命開玩笑。

那位戴著帽子、看起來一副馬夫裝扮的男人不死心，又試著重新甩動馬鞭。直到他叫啞嗓子，用盡了耐心，不得不屈服在馬兒鬧性子的處境之下。

他一臉尷尬的跳下車，轉身開了後車廂的門，對坐在車廂裡的人點頭，這才說道：「博格男爵！您有沒有受傷？真是抱歉，可能要請您下車了，因為馬兒突然間不跑了！」

映在車廂窗簾的黑影微微動了一下，接著，馬夫退開一些距離，讓車廂裡的人下了車。

坐在車廂裡的，是一位肩上掛著及地的黑披風、穿著華服的中年男子。當他下車，看見馬車的情況，驚慌的臉色不禁蒙上了一層震怒。

「究竟怎麼回事？」

被尊稱為男爵的中年男子，在馬夫耳邊壓低了聲音。

「是這樣的。佛洛斯好端端的叫了一聲，連馬帶車突然停在這裡，怎麼打牠也不肯走……好像專程跟我們作對似的！」

馬夫簡潔地表明意外的過程，眼神之間充滿慌張，「男爵，我們好不容易從外洲趕了兩天的路，眼看再一下子的路程就可以回城堡了。如果為了這個意外，趕不上昆德麗小姐的生日宴會，那可怎麼辦……」

「約瑟，有時間講這些無用的廢話，你不如再試試看！」

博格男爵一時想不出解決的辦法，只能在原地消極的等待奇蹟出現。

他知道佛洛斯是他馬房裡最好的一匹駿馬，卻也是最桀驁不馴的一匹任性馬。只

要牠老大不高興，隨時罷工的情況更是時常有的事情……要不是牠的腳程比其他馬還快，這次巡視外洲領地使用的馬匹也不會挑上牠。

忠心的馬夫聞言更是一臉苦惱，他相信他家主人曉得這匹白鬃黑馬的性子，不管試幾次都是沒有用的了。如今只有另外再雇一輛馬車，才能平安無事的回家。

只是這個方法，他始終沒那個膽子提議。

不管如何，這個糟糕的情況都令人頭痛不已。

向來極端自尊、講究信譽、重視時間觀念的博格男爵，已經和他的女兒昆德麗小姐約好，要在今天日落之前趕回去參加她十七歲的生日宴會。在這個節骨眼，男爵心裡勢必又急又慌，如果他未能依約赴宴，身為馬夫的約瑟將會大難臨頭吧。

兩個中年男子沉默著沒有說話，他們盯著黑馬，眼神充滿急切。但是又無可奈何，只能期盼目前的困境出現轉機。

「不嫌棄的話，讓我試試好嗎？」

一道男子輕柔的說話聲打破街上沉寂的氛圍。

圍觀的群眾四處張望，他們只聽見聲音從街角的方向傳了過來，卻沒有看到說話的人。城裡到處都是一片濃霧，這不禁讓人猜測剛才的聲音可能是一種幻覺，或是一道風聲。

男爵不安地皺起眉頭，他希望這不是上天開的一個惡劣玩笑。

正在這時，馬夫約瑟突然對著一片濃霧大叫，他指向街角，似是有什麼發現。

男爵與馬夫看見有道被大霧淹沒的黑影，伴著緩慢的腳步聲，逐漸向他們的位置走來。黑影越來越靠近馬車，直到掙穿霧氣，從濃霧中走出，這才露出了真面目。

群眾帶著驚訝的目光打量黑影，好奇地討論他的外貌與長相。

那是個身材纖瘦的男子，他看起來很高，渾身散發一股沉靜的氣息。他頭戴黑帽，手拿皮箱，身上穿著筆挺的灰白色西裝，上頭別了一枚黃褐色的貓頭鷹羽毛，潔白的立領襯衫繫著紅色領結，很有貴族華麗的穿著品味。

人們對男子的出現感到訝異，也有人對他的外表很感興趣。他們談論男子的短髮竟巧妙遮住他的右邊臉頰，使他整個人看起來相當神祕。

有人悄悄地想，因為男子實在太瘦了，如果拿他身上衣服的顏色跟牆壁相較，說不定相當適合呢。

這名沉默的男子走到男爵面前，接著站定腳步，對男爵微微鞠躬。在他灰藍色的眼眸之中，帶著刻意疏遠的冷漠。

「男爵先生，您好。很榮幸在這裡遇見您，希望我能為您解決困擾。」

「你是……」

男爵抬頭看著來人，察覺到自己說話的語氣流露著一股不自然的僵硬，輕輕吞了口口水，才繼續說道：「看來你也知道我目前發生了什麼困難，只是你有辦法嗎？全城的市民都知道我家的佛洛斯是一匹不為人馴服的野馬，萬一弄得不好，牠還會狠狠地踹你幾腳，這很危險的。」

灰髮男子點頭，客氣的說道：「對不起，我不曉得有這樣的傳聞。但是，男爵先生，我想您應該給我這個機會。」

約瑟挨近主子身邊，懷疑地打量面前的陌生人，並在男爵身邊悄聲說道：「哎

呀，這年輕人看起來這麼瘦，怎麼是佛洛斯的對手？他不被馬踹倒在地上就萬幸了……」

博格男爵咳嗽幾聲，「如果你想試，那就試看看吧。但是你要小心，這真的很危險！」

男子聽了，走上前握住男爵的手，同時揚起嘴角：「感謝男爵先生讓我有機會為您效勞，我會盡我所能試看看。另外，請您和馬夫退到遠一點的地方，以免受傷。」

男爵臉上掠過一絲不尋常的表情，直到男子離開後，仍然不能釋懷。他看著被灰髮男子握過的手，更從手心感到一陣刺麻。那個灰髮男子握手的力道相當帶勁，而那張自信的笑容又是怎麼回事？

「博格男爵，您怎麼答應他了？萬一他是來敲詐的怎麼辦？」

馬夫氣呼呼的又叫又跳，這與他想像的完全不同！他的主子向來保有貴族的氣度，從來不隨便接受陌生人的幫助，這次為何會同意對方的安排？這太奇怪了！

「約瑟。」男爵瞪了多話的老奴一眼，「除非這裡有馬店，否則你給我閉嘴！」

聞言，約瑟急忙打住還沒說出口的一堆數落話語。

現在群眾目光追逐的對象，全都落在緩步接近黑馬的男子背後，他們只想知道這匹有名的悍馬，將會如何攻擊這名男子。他們並不是在幸災樂禍，一個並非馬師的人若不瞭解馬的個性，很難與牠們建立友好的關係。

那匹看起來神氣驕傲的黑馬，發現有個男人出現在牠面前，便開始不安分的猛踏前蹄。牠拚命噴氣，舉止充滿敵意。

男子見狀，他那冷漠的神情，如變臉般換上一副親切笑容的面具，「我知道你叫佛洛斯。佛洛斯，我不會要你離開這裡，但是你得聽我說個故事。」

男子語調細柔的對馬兒說話，他一步步接近牠，又接著說：「從前有一個馬場主人，他擁有數十匹的馬，但其中有一匹馬怎樣也不接受主人的馴養，牠自傲於這份天性，一直沒有改變自己的個性，專門和主人唱反調。終於有一天，馬場主人無法再忍受這匹馬的任性，所以殺了牠。」

佛洛斯嘶叫了幾聲，兇狠的瞪著男子。只是當牠看見男子那對冷漠的灰藍色眼眸，這匹悍馬居然懼怕地向後退一步，彷彿聽得懂他說的話。

灰髮男子瞇著眼，笑容不變，「佛洛斯，如果你不想變成這樣，就聽我的話，善盡一匹馬的責任。否則，我這故事就會立刻成真，你能明白嗎？」

佛洛斯再度嘶了一聲，牠用力抬起前蹄，就像在做什麼頑抗的掙扎。

「小心！」

包含男爵與約瑟在內的眾人見狀，紛紛大喊出聲，怕馬兒出腳不留情，踢傷人就麻煩了。

男子站在原地沒有離開，他挑眉，露出一個自信的微笑。跟著他眼睛一瞇，便從西裝領子抽起貓頭鷹羽毛，將它對著黑馬。

男子微微動唇，似是無聲的威脅。

這時，馬兒的動作變得很遲鈍。牠放下前蹄，不斷地嘶叫，好像看到了什麼可怕的東西，眼神充滿恐懼。

人與馬只對看了幾秒鐘的光景，不但讓馬兒停止嘶叫，還引來男爵與群眾的驚

嘆。當黑馬踏了幾下蹄子，乖順的低下頭之後，圍觀的人群更是「哇」的一聲高呼不可思議。

「博格男爵，您可以上路了。」

男子轉身把羽毛插回領子上，視線落在男爵臉上。

男爵走到男子身邊，雙眼迸發出難以置信的光芒，「你……你是如何辦到的？你是打哪來的馬師？怎麼會知道我的名字？你究竟是誰？」

「失禮了。在下並非馬師，我只是對您的愛馬說了一個『故事』，讓牠知道服從主人的命令乃是自己的本分，要不然隨時都會落得殺頭的命運。」男子停頓片刻，笑著解釋道：「男爵，您無需訝異我為何知道您的名字，對一個本身具有威望的人士而言，知道他的名字就像吃飯喝茶一樣簡單。」

「故事？一個故事！」男爵放聲大笑，他神情愉悅，像找到可以接近灰髮男子的理由，「你真是讓人感到好奇！但是我不能平白欠你人情，不如這樣吧，你跟我回城堡去，我對你的故事很有興趣，想多瞭解一下。」

「好的。」男子微笑回答，他看起來幾乎沒有任何對陌生邀約的猶豫。

「我們該上路了，城堡離這裡還有段路要走……約瑟，還不快駕馬！」男爵朝馬夫喝了一聲，便與男子坐進車廂。

約瑟聽了，立即坐上馬車。他甩動韁繩，在馬兒的嘶聲之下，馬車像飛也似的離開街上，朝著座落於森林之中的城堡前進。

・・・

「你剛才對佛洛斯說了什麼故事？莫非你會馬語？」趁著趕路的一小段時間，男爵坐在車廂之中，好奇的看著男子。

「不，只是單純的一則故事，沒有什麼特別之處。」男子依然客氣的點頭回答。

「說到故事，你真是幫了我一個大忙！老實說，我這次回程參加女兒的生日宴會，需要一個會講笑話的藝人。你要不要做這個工作？薪水不會少給的。」

灰髮男子聽了男爵的這番話，在轉眼間，眼眸燃起一絲憤怒的青色火焰。

「博格男爵，我既不說笑話，也不會做您口中那種討好大眾的工作，請見諒。」男爵張著嘴，顯然對男子毫不留情的翻臉感到尷尬，他急忙笑了幾聲，企圖化解車廂裡的不愉快，「不說笑話也沒關係！只要你有東西可以說就好了，或者……專說你那些故事也可以，你覺得怎麼樣？對了，你叫什麼名字？」

男子停頓片刻，原本憤怒的臉上立刻堆出了親切、冷靜的笑容，道：「關於這點，我想請男爵先生不要探究我的一切，您可以稱呼我為『說書人』，我的本業亦是這個工作。」

「哎喲，我們男爵先生最愛聽故事了，如今來了一個專門說故事的人，不正好留在城堡裡面，從此故事說個不停嗎？」馬夫酸溜溜的聲音飄進車廂，還帶了一絲訕笑。

博格男爵生硬地咳了幾聲，不悅的斥責老奴：「約瑟，駕你的馬，不要多話！」

「原來如此，男爵先生這麼喜歡聽故事？」說書人聲調平淡，沒有任何起伏。

「那只是個消遣。不過，趁著這個機會，就讓我好好謝謝你吧，沒有你的適時出現，只怕我趕不上女兒的宴會，不管你想要什麼東西，我都會答應你。」

說書人看著博格男爵，沉默的點頭，嘴角似乎帶著一絲笑意。

・・・

馬車一路飛速奔馳，平安地抵達博格男爵的宅邸，人稱羅森城堡。那是一座帶著典型基督教風格的歌德式堡壘。

說書人從馬車窗外欣賞高聳的城牆、圍繞城堡的守望塔。直到下了馬車，他才向約瑟問道：「據我所知，城堡大多建造在高山或運河旁，同時還有寬闊的護城河……怎麼這個地方既沒有高山，也沒有護城河？」

「哼，想不到你的觀察力還滿敏銳的。」

此時約瑟已送走男爵，讓幾個人將馬車駕走，並照著男爵的吩咐，正帶這位說書

人瀏覽堡內的設施。

「按規矩，原本只有服從皇帝陛下統治的貴族才能住城堡，但因為陛下對博格男爵的印象極佳，也有意賞賜他建在高山的大城堡。可惜男爵先生以自己家族單薄的理由拒絕，陛下只好照他的希望，將這座位於市郊的森林城堡賜給他。」

說書人聽著約瑟解說的聲音，沒有回答。

「雖然羅森城堡小了一點，不過該有的設備都有，一年開個幾次宴會也不成問題！男爵先生是城裡市民的驕傲！他擁有本城的傳統，節儉、守律、慈愛……」

約瑟的聲音從說書人耳邊漸漸飄遠，他沒有心思聽約瑟的讚美，但是對於羅森城堡，說書人始終很有興趣。

看，許多騎士、侍女、僕役在城堡裡四處走動，這裡還真是一個被石頭城圍繞的小國家哪。

隨著過去中央集權的沒落，連那些毫無政治勢力的男爵與領主也開始建造城堡居住。一般而言，若不受皇帝喜愛的臣子是無法住在城堡的，可見博格男爵不僅是個領主，同時也是受皇帝重用的人才。

話說回來，那些不受皇帝喜愛的貴族能有城堡可住的理由，只要稍加思考就能得到結論，想必是以搶劫的不法行為得到建造的資金吧，真是奢侈的宅邸。

說書人巡視城堡四周，心想即使這裡比其他強調歌德建築的城堡還要簡樸，但對平民百姓而言，卻是難以想像的華麗。

當約瑟不再喋喋不休的讚美自家主子，說書人發現他的聲音完全消失，改由另一種清澈的男聲取而代之時，他抬起了頭，發現面前有個從沒見過的青年。

「日安，約瑟叔叔，您與男爵先生一起回來了嗎？噢，您身後多了一位貴客，能替我引見一下嗎？」

青年的聲音讓說書人中斷思考，並且好奇的看著他。

說書人面前的俊秀青年有一頭茶色短髮，身上一襲桐金色套裝搭配深茶色外套，衣服沒有什麼漂亮的花紋裝飾，應該不是擔任重要職務的隨從吧。

青年臉上流露著自然親切的神情，與說書人先前見過的那些面無笑容的僕役並不

相同，他是一個讓人很容易有好感的存在。

「原來是你，哼！你不應該浪費時間在這裡打招呼吧！男爵先生要我轉告你一聲，你結束劍術練習後去找他，男爵大概要跟你談宴會的事吧。」

青年聞言，臉上溫柔的神色增添幾絲沉重的陰雲。他的目光落到說書人身上，伸出手，微笑著說：「這位先生，初次見面，歡迎來到羅森城堡。」

說書人友善的握住茶髮青年的手，但是當他與青年握手的一瞬間，感到有莫名的電流在他體內綻放出某種隱約直覺。

這個青年身上有「故事」，特別是那種讓人感到苦悶與壓抑的故事。他找了很久，就是想找充滿這種感情的人……雖然可行性不是很高，但是他要利用這個人，誘發出他想看到的故事。

如此一來，他想見而見不到的那個人，也會因為這個故事現身吧？

說書人一邊想，一邊對青年露出神祕的微笑。

「那我先走了。」

那位青年被說書人看得很不自在，他為了擺脫這種奇怪的感覺，便向兩人致意後離去。

「真是的，老愛找麻煩的可愛孩子！」

約瑟囉唆地唸了幾句，打算繼續帶說書人到另一條走廊逛逛。

這時從約瑟身後傳來說書人的聲音，「那位先生是誰？」

「喔！你說那個笨孩子啊？他叫姜特，是住在城堡裡的年輕騎士。他小時候因為戰亂失去父母，被巡視領土的男爵先生撿回來撫養，現在亦是昆德麗小姐的隨侍。」

說書人斜傾著臉，以打趣的口吻說：「想不到，約瑟先生這樣一個馬夫也懂得這麼多事。」

約瑟生氣罵道：「什麼馬夫！我可是這座城堡的管家，你會不會說話啊！」

「原來如此，我真是有眼無珠，居然不識泰山，非常抱歉。」說書人用開玩笑的語氣結束了這個話題，接著拿出懷錶說：「管家先生，我有些累了，請問能否帶我去休息？」

「哼，這樣也好，我還有事要做，解決掉你這個麻煩的客人，我才能悠閒一陣子！跟我來吧！」

始終少話的說書人露出了平淡的笑容，他看起來並不急著去休息，反而站在原地，獨自陷入莫名的沉思。他就算聽見約瑟催促的招呼聲，卻什麼也不做，只是抬頭凝視晴朗的天色。

天空非常明亮，這座城堡是受陽光普照的場所，應該不會與任何奇異的事情扯上關係……但是這種事，誰又能預料接下來的發展呢？

一陣風徐徐吹過狹長的林蔭走廊，將蓋在說書人臉上的髮絲微微吹起，露出被掩蓋的銳利眼眸。

說書人心裡有種預感，那個令人熟悉的「遊戲」，將會在這裡重新展開。

Erster Aufzug : Die Vergessene Oper

被遺忘的歌劇 第二章

走向男爵書房途中的那條白色走廊，姜特這一路都在思考，自己見到男爵時該說什麼。

如果沒有意外的話，今晚將是一個特別的日子，因為今天是昆德麗小姐十七歲的生日。對一個貴族小姐來說，這不僅意味著她的成年，同時也將被父母決定她的終身大事。

姜特極力控制內心逐漸加快的心跳，在一道深色木門前站定。他看著門上精細的雕花，內心有一種沉重的感覺。他站在門外清清嗓子，不失禮儀的在門上輕敲兩下。

「博格男爵，我是姜特。」

門內響起男爵朗亮的回聲，「姜特嗎？進來。」

姜特扭開門上的手把，使了一點力把門推開。當他推開門的時候，感到心跳變快，他壓抑著緊張的感覺，打開門走了進去。

「日安，男爵。聽說您在城裡出了點意外，幸好您平安無事。」

姜特帶上門，快步迎向坐在書桌前的男爵。

「好，有心！」男爵發出了爽朗的笑聲，眼神充滿了對姜特這位年輕騎士的讚許，「但是你毋須擔憂，我在路上遇到一個奇人，就是他幫我化解這場意外的。」

「難道是跟在約瑟叔叔身邊的男士嗎？這可糟了，因為我還沒問他的名字呢。」

姜特吃了一驚。

「他叫做說書人，你這麼稱他便行了。」男爵道。

「說書人……感覺不像是本名呢，男爵先生，您不懷疑他的來歷？」姜特試探性的問。

「你未免想得太多了，姜特，不要任意揣測別人。至少他幫了我一個忙，沒有他，我就無法回到城堡，更別提參加昆德麗的宴會……噢，說到這，我找你來此是為了討論今晚宴會的事宜。」

姜特愣了一下，他勉強點頭，應了一聲「是」。

「今晚的宴會與以往不太相同，不只要辦得盛大熱鬧，我還希望在這場宴會盡快決定昆德麗的丈夫人選，你明白嗎？」男爵抬頭看著姜特，眼中有深遠的含意。

姜特深吸一口氣，壓抑心中那份淒苦的情緒，語氣重重地說：「男爵先生決定的事，姜特絕無異議，一定辦得讓您滿意。」

男爵以銳利的眼光盯著姜特，「你不懂我真正想說的話嗎？我問你，身為昆德麗的貼身隨侍，除了有自覺與使命，你跟她應該沒有什麼不尋常的感情吧？」

姜特受驚的倒退一步，他漲紅臉頰，心思紊亂，好一會都說不出話。

男爵觀察著姜特的反應，暗自搖頭嘆息，他的眼光除了憐惜，還有更多的煩惱。

自從多年前，男爵把姜特帶回城堡撫養，便嚴格要求他成為一流的騎士，同時還

得學習貴族的知識，以及照顧年幼的昆德麗。

姜特是一個優秀的青年，從沒讓人失望過，因此男爵對他就像對自己孩子一樣關懷，絕不因為他是個沒落的貴族而輕視。

儘管男爵極為信任姜特，也認為這對兒女不應該有私情出現，但是要他這個父親詢問尷尬的感情問題，還是讓男爵大感不自在。

「別緊張，我沒有什麼意思，只是想問你對昆德麗的想法。」

「小、小姐嗎？」姜特眼神不安的游移著，他低頭抿唇，說道：「小姐是個才色兼備的女子，我非常尊敬她……只有這些而已。」

「真的？」男爵看著姜特的臉，以慈和的聲調說道：「你們兩個經常相處在一起，感情比任何兄妹還要親密。照理說，我應該感謝你替我照顧昆德麗……但是你知道，她是個很有主見的女子，我希望你能好好勸她，別因為自己的主見而違逆父親的意思。」

「是，我明白。」姜特低聲道。

「好了，在宴會開始前，你替我接那位說書人到大廳。如果你沒什麼事，也來參加宴會吧，你能來，昆德麗也會感到高興的。」

姜特的內心雖然感到萬分苦痛，但是他看著男爵，依舊聲調沉重的回了一聲「是」。

博格男爵的家族構成十分簡單，除了身為大家長的男爵之外，僅有年邁的老母親與他的獨生女昆德麗小姐。對一個貴族門第而言，如此單薄的家族人口似乎稱不上氣派，甚至有點冷清。

當說書人詢問那些在城堡工作的僕役，得知博格男爵家族的背景後，他並不感到意外。老實說，男爵家裡面只有三個人，卻住在這麼大的城堡，若是不多雇用一些僕役，或收養毫無血緣關係的子女，到了夜晚也會覺得莫名空虛吧？

也許博格男爵是基於這個理由，才會收容姜特當隨侍騎士？

說書人對羅森城堡沒有探究的興趣，但是他對住在這裡的人卻感到好奇，尤其是那位名喚姜特的青年。說書人想知道他的事，包括他的出身、個性、學識，以及成為騎士後，又為何繼續留在城堡，對男爵如此忠心耿耿的原因。

入夜之後，博格男爵始終沒請約瑟通知他參加宴會。說書人不耐久等，只好獨自在城堡裡閒晃，順便當成宴會開始之前的娛樂。

說書人無意識的亂走一通，直到他越過一條有轉角的迴廊，差點迎面撞上正在趕路的姜特。

兩人的反應先是同時向後退一步，可見他們都打算先讓對方過去。為了這個毫無意義的默契，兩人不禁糾結於沉默的氛圍之中。

「你是姜特……先生？」說書人試圖想起姜特的頭銜，但他不知是忘記或故意不說，只有一臉歉然的微笑，「我很抱歉直呼您的名字。」

「沒關係，頭銜那種東西不重要。我才抱歉，讓您看到我這麼失態的模樣。」姜

特見到說書人的笑容，愣了愣，不由得低聲說道：「您就是說書人嗎？男爵先生通知我領您到大廳參加宴會，請跟我來。」

「喔，原來如此，我還以為約瑟先生要帶我過去呢。」

「時間快來不及了，請您不要讓男爵久等，多謝。」姜特有些急躁的看著說書人，他微微低頭，慎重表現自己卑下的侍從身分。

說書人沉思的看著姜特，當他邁開腳步，那位年輕的騎士立刻跟了上去。

「你的修養很好，既不高傲也不自滿。但是有一點我很好奇，你身為騎士，怎麼會屈就在博格男爵的府邸？」

注意到姜特跟在自己身後，當兩人腳步聲重疊，說書人冷不防開口問道。

姜特雖然一直保持沉默，不知怎麼，他居然被說書人的問題嚇了一跳。

說書人只是看著他，一句話也沒有說。

「啊，是，抱歉！」姜特立刻裝作自己並沒有漫不經心，這可是與人交際的大忌，「您誤會了，我只是個沒有騎士稱號的貴族後代罷了，若非男爵先生在我最危急

的時候帶我入府……」

說書人專心地聆聽姜特述說的聲音，發現姜特一臉猶豫的神色，更陷入一陣怪異的沉默之中。

說書人挑眉，發現姜特的臉色交雜了不安與憂鬱，那是年輕人明明有煩惱卻無法可想的困頓神情。他默不作聲的觀察對方，覺得很愉快。

「你很尊敬博格男爵？」說書人問。

姜特被說書人這麼一瞧，心裡很不安，他握緊兩手，臉上寫著為難的神色，誰都看得出他不想回答說書人的問題。

說書人體貼的接口，「我隨口問問，你無需慌張，不想說就算了。」

姜特一臉歉然，他看著說書人，縱使心裡有話，在這種場合也說不出口。

兩人走到大廳門口，姜特語帶催促的指著大廳方向，說道：「男爵先生急著見您，請您快點入廳，待會見。」

看著姜特匆忙離去的身影，說書人眼中藏著一道奇異光芒。沒過多久，他便在一群僕役的帶領下，面帶微笑的走進大廳。

在昆德麗小姐的生日晚宴中，說書人被博格男爵熱情的介紹給家人認識。說書人也向他們介紹自己，一群人開心談笑，很有家族聚會的味道。

博格男爵生來一副慈父樣，他的母親可梅特女士也是個慈祥的老太太，至於他的女兒昆德麗小姐，則是擁有一頭披肩鬈髮的美麗少女。他們親切熱情的招待著說書人，一點貴族驕縱的氣息都沒有。

「說書人先生，我聽父親說過您的事蹟了。」昆德麗提起水藍色的薄紗裙子，微微欠身，向說書人行了一個標準的貴族式禮儀，「非常感謝您適時解救了父親，請讓我們好好招待您。」

「不，這種小事只是舉手之勞。」聽著少女柔軟的甜音，說書人勾起了嘴角笑

道：「昆德麗小姐果然是男爵先生珍愛的掌上明珠，今日一見真是不枉此行。」

看到愛女因說書人的讚美而不禁臉紅，博格男爵哈哈大笑，「好了，別再寒暄了，宴席的座位已經備妥，我們快點過去吧。」

宴席上，說書人與男爵照禮儀先讓女士們入座，他們則坐在她們的左側位子。當男爵坐在主人位時，他向身邊一個侍從耳語，接著看向管家約瑟。

「姜特呢？怎麼沒看到姜特？」

此時，約瑟換上一套黑色的裝束，整個人煥然一新，很有貴族管家的模樣。他聽見男爵這番話，急忙說道：「博格男爵，姜特那小子不太喜歡宴席聚會的場合，我剛才看他回房間去了，如果您有事找他，我可以叫他馬上到您眼前。」

男爵搖搖手，嘆道：「算了，別叫他，給他一點時間冷靜的思考，想想自己做了什麼事，那麼他就會清醒過來，不會再作夢了。」

說書人聞言不禁挑眉。當他注視男爵的視線忽然轉到昆德麗臉上，便隱約覺得這個家有他不知道的事情發生了。說書人發現，昆德麗原本愉悅的神情，因為聽了男爵剛才那番話而緊緊皺眉，這個反應讓人感到很不自然。

「我明白了，男爵先生，請恕我失禮，先去安排宴席菜餚的事宜。」

男爵揮手，斥退了約瑟。

「博格男爵，有一件事讓我很好奇。」說書人說道：「通常貴族的宴會都是盡量邀請各方佳賓，竭盡所能的舖張浪費。但是您家裡舉行的宴會卻不是這個樣子，莫非這是您的行事風格？」

男爵大笑，「事實上，我不喜歡過於奢華的那一套玩意，但是這次只是因為邀請的客人都會比較晚到，我已經命下人準備好晚宴的菜單，請你放心，會有你出場說故事的時候。而且，我還準備把你介紹給我一個好朋友，他若見了你，一定會重金禮聘你為他工作。」

說書人臉上泛著一道困惑的微笑，他不明白男爵說的話，但是仍然感到期待。

正在這時，那位臉上充滿愁苦神情的昆德麗小姐突然站了起來，拉開椅子，歉然地看向男爵，「父親，請容許女兒暫且離席，您與客人慢聊。」

「昆德麗，妳要去哪裡？」男爵疑惑道。

昆德麗皺著眉，一臉為難地說：「我只是到迴廊那裡散散心。」

「那麼，派一個人跟妳去吧？」男爵提議地說。

「不用了，真的沒關係！請父親不要太過擔心，女兒先告退了。」

昆德麗的神情看來相當急切，她欠了欠身，隨即頭也不回的離開大廳。

「小姐怎麼了？」說書人問。

男爵見狀，苦笑著搖頭，「時下的年輕人不喜歡跟父母談心，她大概覺得悶，受不了吧？別理她了，我們繼續談談說故事的話題如何？我告訴你，城裡的藝術家雖然很多，但不是每個都能靠創作賺錢，若沒有找到提供資金的金主，可是搞不出作品的，連你這種說書人也不例外。」

「是嗎？」說書人看來很不以為然。

「噯，你不認同？我想你一定不怎麼受人歡迎！」男爵獨斷的說。

說書人輕笑出聲，「失禮了，男爵。不瞞您說，我過著這種四處流浪的生活，已經有很長的一段時間。有時候，我會以一則故事換來一餐一宿，並不期望靠說書賺錢……您這份好意，我想只能心領了。」

男爵望著說書人臉上那種苦澀的笑容，他未等對方開口，便追問地說：「你把自己說得好神祕啊！告訴我，你為什麼要過這種三餐不繼的生活？或者，我把你介紹給我那個在歌劇院做事的朋友，讓你從此在科米希定居？」

說書人臉色一沉，拒絕道：「我不能告訴您有關我的故事……男爵先生，您忘了您答應我，不追究我的來歷嗎？」

博格男爵尷尬的笑了笑，「你這麼堅持，我也不好強迫你。哎，算了！」

這時候，先前退下的管家又走到男爵身邊，彎下腰，謙卑地說道：「男爵，喜歌劇院管理人，梅瑟．哈來頓先生帶著宴會邀請函，特地來拜望您，人已經到了。」

不待男爵回答，大廳裡立即響起一道渾厚有力的男子招呼聲。隨著爽朗的笑語，說話的男子快步走向宴席，腳下的皮鞋踩得地板鏗鏘作響。

「博格男爵，好久不見！自從喜歌劇院創立以來，一堆新舊戲劇不斷上演，害我

一直抽不出時間登門拜訪您這位大股東哪。接到您的宴會邀請函，我等不住就提早進來了，您可不要見怪喔。」

男爵聞言也激動地站起身，握住男子的手，不斷說道：「哪裡！你在見外什麼？我就想昆德麗的生日宴會怎麼少了一個貴客！梅瑟，等你很久了。」

說書人不經意的移開目光，終於看見那位歌劇院管理人的長相。他是一個體格修長結實的年輕男人，一頭向後梳的米黃色短髮服貼地順著脖頸而下，稍微蓋住潔白的立領，但是這並不妨礙他給人強烈的商人印象。

除此之外，他有一張好看的臉，立體的五官、高大挺拔的身段。一身西裝革履，如此威儀堂堂，一副紳士派頭的模樣，應該是個生性熱情的人。

但說書人總覺得他笑起來的模樣有些陰柔、做作，彷彿只有臉皮在笑，讓人難以接近。

那位梅瑟沒浪費太多時間在寒暄上，當說書人暗中觀察他，他也開始觀察著說書人。結果兩人的眼神重疊在一起的時候，說書人全身竟然像觸電似的差點從椅子上彈開。他怔了怔，立刻迴避梅瑟直接又大膽的目光。

雖然自己私下觀察人的舉動稍嫌失禮，想不到這個男人比他更不顧忌，也許在他骨子裡裝了一個叛逆的靈魂？

同時，說書人內心感到一種微妙的熟悉感正在發酵。

梅瑟提起金邊鏡框的眼鏡，兩邊嘴角一翹，形成漂亮的弧度，大方地對著說書人道：「你好，初次見面。我是喜歌劇院的管理人梅瑟．哈來頓，敢問尊姓大名？」

梅瑟眼神微瞇，藏在鏡框後面的那對紅色眸子不避諱的直盯說書人瞧，簡直像要在說書人臉上瞧穿一個洞似的。

不喜歡，他不喜歡這個人的眼神，這個人會讓他想到「那傢伙」。

說書人神色一凜，發覺梅瑟的眼神讓他不舒服，人一起身拉開椅子，轉身就走。

男爵連忙起身想叫住說書人，不料卻被梅瑟壓回座位。

「抱歉，梅瑟。本來想引見他給你認識，說不定還可以在你們劇場工作……不知怎麼回事，他居然如此失禮……」

「不要緊。」梅瑟笑笑的說：「我有時間慢慢聽博格男爵的具體說明。」

* * *

夜霧濃重，將圍繞在羅森城堡的樹林覆上一層露水。而爬滿城牆的藤蔓群亦如此，它們就像深陷情網的少女，如此脆弱又不堪採折。

暗沉的夜色壓著大地，除了幾顆星星與被濃霧遮掩的月光之外，彷彿沒有任何聲響。過了會，一道深藍色的影子出現在噴泉廣場，因為夜晚的關係，使影子的顏色變得更深……事實上，那應該是漂亮的淡藍色。

昆德麗不安的張望四周，眼底充滿憂心的神情。即使身後水池不斷發出輕快的流水聲，她還是無法克制自己的不安。直到她強迫自己冷靜，盤旋在她心頭的焦躁才漸漸消失。

啊，來吧，求你快來吧。神啊，請讓那個人出現。

少女雙手合十的不住祈禱。

這時，一道腳步聲從昆德麗身後響起，讓昆德麗沒有絲毫的懷疑，立刻轉身，對著來人怨嗔地說：「姜特，你究竟去哪裡了？為什麼不參加我的生日宴會？父親跟你說了什麼？為什麼他叫你不要作夢？這到底是什麼意思？」

姜特沉默不語，他苦悶著臉，看起來比平常還要難過。

「姜特？」昆德麗不安的捏緊十指，心中彷彿懸著一顆擺盪的大石。再加上姜特這種態度，讓她真是快要急死了。

「你老實說，你是不是……是不是討厭我了？」

姜特搖了搖頭。

「那麼，你厭倦我了？因為我的驕縱、不知世事，所以你要走出我的生命？」當昆德麗再次問道，她說話的聲音與嘴唇幾乎在發顫。

姜特還是搖頭。

「說話呀！你不是告訴過我，你的騎士精神就是以誠待人嗎？為什麼今晚相約在

此會面，你竟是如此沉默，好似有一千種說不出口的理由！」

「昆德麗小姐，請原諒在下，也請忘記我過去應許妳的承諾，好嗎？」姜特看著她的態度有些堅決，但相當誠懇。

「為什麼？」昆德麗愕然地走近她的隨從，眼中寫滿不敢置信的神色，「父親究竟跟你說了什麼？別再矜持的低頭不言，快告訴我呀！」

姜特始終保持著一種鎮靜的沉默，直到昆德麗的口氣變得憤怒後，他才遲鈍地說：「昆德麗小姐，我想這是我們最後一次私下見面，沒有地位的我配不上高貴的妳。我懇求妳，讓我們各自離開，假裝今晚什麼都沒有發生過，好不好？」他說這句話的神色有些哀傷。

昆德麗聽了姜特的話，她沒有回答，但也無法繼續忍耐下去。於是她激動的叫了起來，「我們是『什麼都沒有發生過』的關係嗎？聽著，我並不要高貴的身分，當我把心給了你的時候，我就不把自己當成是男爵千金了！姜特……請你不要放棄我們的愛情！」

年輕的騎士聽了小姐的話，嚇得馬上抱住她，在她耳邊安慰地說：「對不起，我居然讓妳這麼傷心，是我的錯……我知道我應該爭取與妳相愛的權利，但是男爵先生不會同意我們這樣下去……他今天找我過去，問我對妳的感覺，我想他已經對我們感到懷疑了。不行，我不能背叛男爵對我的信任。」

「那麼你要背叛我們的愛嗎？姜特，感情是最不能克制的衝動！沒有人可以約束我們，我會去求父親讓我們結婚，只是拜託你忍耐，不要退縮！求求你……」

姜特看著心愛的小姐，眼中有無限的悲苦，他壓抑著激動的心情，淡然道：「男爵先生跟我說，他要在妳的生日宴會中盡快決定妳的婚事，也許他有那個打算……」

「什麼打算？」昆德麗聽見自己的聲音不斷顫抖。

「我從以前就一直聽男爵提過這件事，他很希望讓妳嫁給跟歌劇院有關的人士。如果不是一流的演員、音樂家、作家的話，我想，會不會跟今晚登門造訪的客人有關係？妳應該知道男爵先生與那位歌劇院管理人交情甚篤，再怎麼想都只有這個可能啊……」

「你指的是哈來頓先生?不，這太可笑了，我無法嫁給我不愛的男子!」昆德麗認真看著姜特，說：「姜特，我希望能讓父親明白我們的決心，如果不行的話，你就帶我逃離這裡吧!」

「天啊，昆德麗小姐，此事千萬使不得!」姜特吃驚的叫著。

就在這時，兩人身後的灌木叢突然發出聲響，跟著響起男人的嘲笑聲。

「說得沒錯，千萬別做出私奔的醜事，這可會讓妳的父親蒙羞哪，昆德麗小姐。」

昆德麗受驚的轉身，發現眼前的男人居然是他們談論的對象，不禁憤怒的看著梅瑟道：「你偷聽我們的談話?真是太過分了!」

梅瑟兩手環胸，輕佻的走到兩人面前，唇邊還掛著笑意，「我只是擔心昆德麗小姐的安危，發現妳不在席上，便問了男爵先生詳情。走出來後看到妳一個人孤單的站在這裡，本來想暗中保護妳……真是危險哪，萬一在這種夜深人靜的時候，被不安好心的家僕拐走可就不得了啦。」

「胡說，你實在太失禮了，哈來頓先生！」昆德麗怒瞪梅瑟一眼，便轉身催促姜特，「你先走，要記得我們的約定！」

姜特本來想對梅瑟澄清兩人之間的清白，但是他發現怎麼解釋都不對，只好先行離開。

昆德麗氣得轉身就走，但是她發現梅瑟居然厚臉皮的跟了上來，便憤怒道：「哈來頓先生，我想一個人過去大廳，請你不要再來煩我。你不要以為你是父親的老朋友，我就得對你低聲下氣的！明白嗎？」

「不對，這不是妳的真心話。」

昆德麗的腳步在梅瑟的聲音響起之後，生硬地停下。她回過頭，一臉訝異的看著他，「你說什麼？」

梅瑟看著這個年清脆弱的美麗少女，臉上有著諷刺的微笑。他習慣性的提提眼鏡，低語道：「昆德麗，妳都是這樣催眠自己的愛情多麼幸福嗎？可惜，即使妳身為高貴的男爵千金，擁有世上的一切，卻不能自已選擇終生伴侶。事實上，妳非常不安、恐懼。」

「先生！你打算告訴我父親嗎？」昆德麗忍不住叫了起來。

「別用這麼憤怒的眼神看我，要我不說出去……很簡單。」梅瑟傾著臉，對她露出一張惡作劇的笑容，「假設，我有一個可以讓妳得到幸福的方法，不曉得昆德麗小姐願不願意接受？」

「你想怎麼樣？」昆德麗防備的看著梅瑟。

「我不想怎麼樣，也不打算怎麼樣。」

男人獨自發出大笑聲，接著從懷裡抽出一卷牛皮紙，帶著誘惑的低語湊到昆德麗身後，抱住她柔弱的肩膀，說道：「只要跟我簽下契約就行了，我會完成妳心裡的願望，至於給我的代價可大可小，任妳決定……如何？」

「我心裡的願望？」

少女聽著男人勸誘般的口氣，竟然無法逃離他的掌握，只能夠順從他的每一句話，彷彿她心底藏著脆弱空虛的另一個自我。

這是昆德麗從未發現的事，她除了震驚，也只能呆站在原地，任梅瑟說服。

「妳想要嫁給心愛的男人，獲得幸福，而我，只對妳美麗的靈魂有興趣……如何，交易成立嗎？」

「你會完成我的願望……是的，我願意……」

昆德麗發覺她的眼皮變得好重，意識飄然的遠去，再也不屬於自己。

「交出靈魂，妳就會得到全世界……」

梅瑟唇下附著細語與呢喃，更帶著幾分得逞的笑聲。他抱著昆德麗無力的身軀，提起她的手，進而將她纖細的手指觸向牛皮紙卷——兩人相擁的模樣，好像在跳一支危險的舞，誰都不知道下一秒會發生什麼事，只能憑本能行動。

戴著金邊眼鏡的男人，臉上褪盡了笑意，只剩冷冽的目光注視著懷中柔弱的少女。他勾起她尖挺的下巴，讓她雪白的脖頸曲線畢露，男人以細長的手指逗弄著她的肌膚，更將抿直的薄唇微微張開，他的表情富含食慾，而且極為危險。

離兩人不遠的地方，那棵種在廣場的白松樹突然飄下幾片葉子，其中還有樹幹搖

晃的聲音。梅瑟警覺的抬頭一看，一道黑影就站在他的眼前。

黑影走到被月光照亮的角落，露出年輕又憤怒的一張臉孔。

「不可以跟他簽契約！」

說書人伸手，從男人手中將昆德麗搶到懷裡，他注視梅瑟的目光散發強烈的敵意，還摻雜了一絲憤怒，「把靈魂交給這種人是會吃虧的。」

昆德麗想說話，但她很難把話說出口，不知怎麼，她的意識一直茫茫然的。

梅瑟稍稍壓下興奮的情緒，裝作什麼事都沒發生的看著說書人，將紙卷若無其事的收回懷裡，冷靜地說：「干涉他人的私事，我想不是一個紳士應有的美德。」

「哦，原來躲在草叢偷窺別人就沒關係？」說書人瞪著梅瑟的目光悄悄下滑，來到西裝胸口的位置，「那張契約熟悉得讓人討厭，你究竟是誰？為何有那個東西？」

梅瑟作勢笑了幾聲，大步逼近說書人，聳肩道：「我嗎？只是個普通的商人，比起你這個來路不明的旅行者，我想我的事情沒什麼好說的。」

「哼，普通商人會要別人用靈魂作為契約的代價嗎？」說書人問話的口氣凌厲得像針一樣。

梅瑟驚訝的張大嘴，一副被說書人嚇到似的，「你好像很瞭解我這一行嘛……不過，你有什麼資格過問我的事？」

說書人憤怒的咬緊牙根，一邊向後退了幾步，一邊用力拍著昆德麗的臉頰，催促道：「昆德麗小姐，醒一醒！」

昆德麗呻吟了幾聲，她雖然努力想撐起逐漸闔上的眼皮，但是身體就像失去力氣般癱軟在說書人懷中，最後不省人事。

梅瑟見狀，他扭著薄唇，吐出輕柔的勸告聲，「我警告你，最好不要管我的閒事，隨便插手的下場可是很不得了的。」

「如果我一定要管呢？」說書人看著梅瑟，臉上掛著挑釁的微笑，「我還想補充一句，你有一種讓人憎恨的味道，我一定要揭穿你的真面目。」

梅瑟挑起一對濃密的劍眉，自顧自的眨著眼睛，忽然笑了：「有意思，我接受你的挑戰。這次就算了，但願我們下次見面時，都能表現出紳士的風範。」

說書人收起笑容，將銳利的眼神射向梅瑟。

梅瑟苦笑的搖搖頭，快速的轉身離開，離去時還不忘晃了幾下高舉的右手。

說書人發覺某種憤怒的情緒正在自己體內復甦，他雖然勉強保持冷靜，可是他知道一向置身事外的自己，也陷進某個複雜的遊戲了。

第三章 被遺忘的歌劇

Erster Aufzug : Die Vergessene Oper

等梅瑟離開原地，說書人在種種無奈的情緒之下，決定先送昆德麗回房。他見她那種奇怪的昏睡模樣，心想可能與梅瑟方才的舉動大有關係。

為什麼那個男人會說這些話，故意誘惑昆德麗呢？

契約、靈魂、代價……說書人在腦海反覆咀嚼著這些字句，每想到一次，他心中沸騰的怒氣就會高漲，進而沖走他的理性。他無法不去思考梅瑟手中的契約，因為他比誰都明瞭那樣東西會對充滿慾望的凡人帶來什麼影響。

他再也不想看到任何人面對慾望的拉扯而變得脆弱，進而被藏在暗處的「那傢伙」取走靈魂，失去自己最寶貴的東西……

犧牲者有一個就夠了。

說書人緊抿著唇，儘管思緒混亂，他仍然壓抑心中複雜的感情，將昆德麗橫腰抱起，往前走了幾步而又停下。

他回頭看著廣場那棵經常被風拂過的白松樹，似乎傳來樹枝搖晃的聲音，同時飛落一地葉子，就好像有誰曾經站在那裡似的。

說書人沉默的看了一會，他眼中被一層冷酷的現實蒙蓋著，最後扭頭離去。

說書人找到僕役帶他回昆德麗的房間，他請僕役幫忙開門，並抱著昆德麗跨進門檻，走到一片深黑色的房間，四處都見不到光。

「實在太暗了，今晚大概是沒有月亮的夜晚吧。」

說書人站在原地，皺了皺眉，打算請僕役替他點亮房中的油燈，不然他就得抱著昆德麗直到天明了。

黑暗的房間突然閃過一道男人的氣息。

「很暗嗎？我來替你點燈吧。」

說書人怔在原地，心中為疑似男爵的說話聲而吃了一驚。

房內的男人並未等說書人做出反應，隨即拍拍手，像變戲法似的令桌上一盞油燈燃起火光，照亮整個房間，也照出說書人沉默不語的表情。

很快的，說書人終於看清楚房間的景象了。

雖然剛才只有一個人說話，但是這個房間卻站滿了許多人，有坐在雕花椅子的博格男爵，成群的奴僕，以及站在男爵身邊的梅瑟。

男爵注視著說書人懷中的昆德麗，看了好一會才將視線轉向說書人，冷靜地問道：「你為什麼跟昆德麗這個樣子回來？」

說書人沒有急著回答，他還視著房內的變化，看見梅瑟臉上虛假的微笑，心裡早

有了底。接著，他對男爵說：「男爵先生，可否先送小姐回房休息，我想這件事必然有些誤會。」

男爵點頭，喚來昆德麗的奶媽與女僕，她們自說書人的懷中接過不省人事的少女，小心翼翼的扶著她，轉身走進房間深處。

說書人望著掛在牆壁上的紅色簾幕飄動了幾下，向男爵頷首，冷冷地回答：「我在城堡的水池廣場發現昆德麗小姐昏倒，基於紳士精神，便抱著她嬌貴的身子回到這裡，但我怎樣也沒料到，男爵先生居然在房間迎接我們。」

說書人一邊解釋回答，一邊盯著梅瑟。直到兩人視線再度重疊，梅瑟便奉送他一個無辜的歉然笑容。那笑容十分燦爛迷人，然而在梅瑟的紅眸裡卻藏著更多尖銳的暗示，當說書人察覺到這點，立即冷漠的別開臉。

「梅瑟，這跟你說的不太一樣。」男爵尋求的看向梅瑟。

金髮男人提起眼鏡，向前走了一步，道：「當然不一樣啦……博格男爵，因為我看到昆德麗小姐跟姜特緊緊地抱在一起，像我這種外人，還以為他們是一對羨煞旁人的戀侶哪。」

男爵聞言，臉色變得相當難看。

「這或許是誤會吧。」說書人反駁地說：「我看到昆德麗小姐和姜特兩人在說話，因為小姐受到驚嚇，才會抱住身邊的姜特。她不是那種沒有羞恥心的女子，請男爵一定要相信自己的女兒，別因為旁人的三言兩語，就懷疑昆德麗小姐。」

「喔，那你要怎麼解釋昆德麗小姐的昏倒呢？說書人，你看得這麼清楚，好像從一開始就在那裡似的，真有趣！」

「抱歉，我站在離他們不遠的樹下冥想，這一切只是巧合。」

說書人迎向梅瑟，話中有話的說道：「我不曉得她怎麼會昏倒，如果要在姜特與哈來頓先生之間作個選擇，我倒覺得是你讓她變成這副模樣。想知道嗎？我看到你死皮賴臉的跟在小姐身邊不走，她還氣憤的罵了你……是不是因為她拒絕你的同行，所以你故意中傷她？」

梅瑟無奈的攤開雙手，接口說道：「被你發現啦？是，我很喜歡昆德麗小姐，還

想邀她在宴會裡跳一支舞，可惜被她拒絕了。不過我之前說的那些話，沒有一句是假的喔。」

此時，男爵趕緊出聲打斷梅瑟與說書人間的辯論，「好了，你們兩個別說了，這件事暫且到此結束。說書人，我感謝你帶昆德麗回來，但是你不該和一個雲英未嫁的少女有身體上的接觸，畢竟男女有別。」

說書人臉上浮現懊惱的神情，並向男爵致歉道：「這的確是我疏忽了，請您見諒。」

梅瑟這時退回到男爵身後，並假意關心昆德麗的情況。然而他傲慢輕佻的眼光始終放在說書人身上，他的眼中蘊藏笑意，好像看見對方出糗是件開心的事。

男爵嘆道：「你們都是我的賓客，不要為了一點小事爭吵！來吧，我們回宴會廳用餐，那裡已有許多客人久等多時了。」

說書人與梅瑟在沉默中交換一個複雜的眼神，他們點點頭，安靜地與博格男爵一起回去參加被中斷的宴會。

隨著男爵進入大廳，說書人看見所有奴僕已經聚在一起，等候主人重新入座。

管家約瑟見到男爵領著一群客人過來，便指揮女僕們準備用餐服務。直到所有人入座，男爵才一一介紹座上賓客，讓他們熟悉彼此。

「您不是喜歌劇院的管理人，哈來頓先生嗎？最近好難得見到你出現在公眾場合，不知何時能請我們去看戲？」一位政界人士朝梅瑟熱情的打招呼。

另一位商界人士見狀，起鬨的說：「上次聽過您旗下的瑪麗安娜演出一齣清唱劇，那清亮的美聲令人難忘！」

梅瑟臉上浮現友善的笑容，起身對眾人邀請道：「沒有問題！剛好歌劇院有新戲首演，趁著這次機會，我把請柬分送給大家，請你們一起來看戲！」

所有賓客對梅瑟的這個提議，一致喝采叫好。

「哈來頓先生，感謝你的盛情。聽說歌劇院最近頻傳意外？可以請你說明一下嗎？」一個高瘦的青年擔心的問。

另一個男人附和道：「聽說意外發生得相當詭異，明明在開演前徹底檢查過的舞台設備，不是突然故障，就是無法作動，有時候還會掉下一些不應該會鬆脫的小零件，差點讓演員受傷！」

「我也聽說一個不可思議的怪事！傳聞中，有好多演員在歌劇院的地下室，聽見幽怨的嘆息聲，瞬間令人頭皮發麻。還有人說那不是一般人能發出的聲音，而是來自於地獄深處的哀號！」

「這些事情被大家渲染成『魔鬼的惡作劇』，不知是真是假？」

面對眾人不安的神情，梅瑟遏止這股氣氛的舉手，朗聲道：「這些傳聞不是真的！各位知道歌劇院經常出現座無虛席的盛況。我旗下受歡迎的演員以優秀的演技抓住觀眾的心，自然成為城內歌劇院敵視的目標。那些人擴大宣傳這些意外，目的是減少喜歌劇院的來客數，這種手段，我可見多了。」

「你的意思是這些傳聞，全都是你的對手為了抹黑歌劇院而耍的手段？」眾人訝異的說。

「這是惡意抹黑，請各位不要相信莫須有的傳聞。」梅瑟停頓片刻，修長的臉頰堆著苦笑，繼續往下說道：「歌劇院確實出現設備維修上的疏失，我會加派人手細心檢查所有設備。請各位放心的來看戲，我保證給大家一個舒適安全的場所！」

聽了梅瑟的保證，那些明顯不安的人也都鬆了口氣。畢竟他們都是歌劇院的常客，若是少了一個消遣休閒的地方，他們比誰都還失望。

男爵這時插話進來：「既然只是口頭上的傳聞，就不是真的有魔鬼在惡作劇。若是這樣，我想請在座的各位都到歌劇院觀賞表演，你們除了可以見到昆德麗，同時也要充當婚禮的證人，因為我打算在新戲發表的那一天，宣布她的丈夫人選！」

眾人瞪大雙眼，對男爵做的決定感到好奇與吃驚。

梅瑟筆挺著身子，向一桌賓客行著注目禮，眼中閃耀著得意的光輝，「那麼，請大家在三天後來歌劇院看戲，我會安排歌劇院最美的伶人演出！」

宴席上突然發出男子嘲笑的聲音，「什麼魔鬼，原來只是歌劇院的噱頭罷了。」

梅瑟抬頭看向坐在餐桌末端，從剛才就一直默不作聲的說書人，「原來你還在呀，請問你有什麼意見嗎？」

「你企圖用魔鬼的幻影與無聊的傳聞吸引群眾，但你失算了，我知道你只是在賣弄玄虛，要是真的有魔鬼存在，我也想見識一下。」說書人道。

梅瑟聳聳肩，一副嘆息的模樣，「好吧，到時我會熱情招待座上的各位……當然包括你，說書人。」梅瑟朝說書人戲謔的一笑，語氣還很親切。

男爵這時提議地說：「對了，梅瑟，我忘了告訴你，這位說書人說起故事非常厲害！如何，你讓他參加你們的新戲演出吧？」

梅瑟揚起好奇的目光，看著說書人：「喔，是了，男爵剛才告訴我，您說什麼故事都非常真實，好像會在現實發生一樣……有這麼神奇嗎？我倒是很質疑！」

「失禮了，那是男爵先生誇獎。」說書人冷冷說道。

「好了，你們不要聊了，難道不餓嗎？上菜已有段時間，大家快吃吧，這件事就這樣說定囉！」男爵急忙說。
說書人與梅瑟沒有說話，他們坐回座位，安靜的用餐。
男爵看向說書人，提議地說：「那件演出的事，你考慮一下！或者你為我設計一個餘興節目……內容由你決定，怎麼樣？」
「男爵先生，請容我拒絕。」說書人斷然道：「我不想在大眾面前賣弄我的才能。」
男爵聞言，自是一臉遺憾神色。
梅瑟插嘴的說道：「我看這樣好了！男爵，您不如給他一個賞賜，假設他表演得非常優秀，就可以向您提出任何要求。這樣一來，豈不是提高他參加的意願嗎？」
「對！對呀，這方法不錯！」
男爵心中狂喜，他實在太想再見識一次說書人說故事的功夫。
賓客們不由得談論起那位神祕的灰髮男子，甚至期待他會接受這個提議。
然而，說書人的態度還是令男爵失望了。他默默吃完盤裡的食物，歉然的對男爵

說：「對不起，我不願參加有哈來頓先生的宴會，這只會使我吃得索然無味。請容我先行離席，晚安了，博格男爵。」

說書人在一群人驚異的眼光之中，冷漠輕慢的轉身離去。

三日後的上午，應喜歌劇院管理人梅瑟・哈來頓的邀請，博格男爵帶著他的母親、女兒，一名隨侍騎士一同到歌劇院欣賞最受歡迎的女伶——瑪麗安娜的演出。

哦，當然。男爵可沒忽略說書人，也請他一起上路了。

三輛雙頭馬車浩浩蕩蕩的從羅森城堡出發，除了姜特一人騎馬之外，其他人都坐在馬車裡欣賞田野風光，看看這片由男爵管理的領地多麼和平。

坐在車廂裡，說書人聽見從窗外傳來的馬蹄聲，他腦海想的卻是前幾晚將昆德麗送回房間的時候，男爵居然在那裡等他把女兒送回來。

再怎麼想，都只有一個推論。一定是梅瑟為了搶先將自己一軍，於是把昆德麗跟姜特私下幽會的事告訴身為父親的男爵。

梅瑟不僅想陷害姜特遭到男爵無情的對待，而且還想以更惡劣的手法讓他蒙上不白之冤，好一個梅瑟！說書人不禁在心裡佩服起他的對手。

既然梅瑟已經出招，自己不想點還以顏色的方法可不行，不管梅瑟是什麼來頭，他說書人都不是盞省油的燈！如果梅瑟認為他只能處於劣勢的話，那個男人真是大錯特錯。

隨著一聲輕快的馬嘶作響，姜特策馬經過說書人的馬車，對馬車窗戶舉手，打招呼道：「早安，昨晚睡得好嗎？說書人先生。」

說書人安靜的點點頭。

「太好了。」姜特放心的微笑。

「你跟昆德麗小姐好嗎？」說書人冷冷地問。

姜特聞言，不禁拉緊手上的韁繩。即使他看起來一臉平靜的模樣，說書人依然發

現他這唯一洩露心思的動作。

「她很好，除了沒能參加宴會讓她有點自責以外……您這問題真奇怪，我如果不好的話，就不會跟您在這裡說話了。」

「是嗎？」說書人吸口氣，認真的看著他，「姜特先生，我想請你老實回答我一件事。」

姜特以為說書人要轉換話題，鬆口氣道：「請說。」

「你跟昆德麗小姐有私下來往吧？那一晚，我想你比誰都清楚發生了什麼事。」

姜特眼神掠過一絲驚訝，他別過臉，好像不打算回答說書人的問題。

「你在畏懼什麼？難道你要因為地位配不上昆德麗，所以打算成全她跟別的男人結婚？如果這是你應許給她的愛情，那未免太小家子氣了。」

「不是的！」姜特聽見說書人尖酸刻薄的批評，馬上反駁的回頭看他。

姜特觸及說書人冰冷的眸子，他張著嘴，說出的不是一句話，而是深沉的嘆息。

說書人的聲音，彷彿像一把尖銳的錐子刺進姜特的內心深處，將他不敢面對的那個東西，連血帶肉地挖了出來。一種冷酷而現實的苦痛令姜特不願貿然開口，他怕自己說的話會毀掉現在的氣氛，所以拒絕回應。

說書人瞇起眼睛，用著像看傻子一樣的表情觀察姜特，當他的眼中盛著輕視與不屑，把姜特看得全身發毛後，才笑笑地說：「算了，誰教我對你有興趣，讓我告訴你一件好消息吧。男爵在那天的晚宴上，請我參加歌劇院的新戲演出，他甚至允許我向他提出任何要求……如何，男爵先生果然大方吧？」

姜特困惑的看著說書人，無法捉摸他的話究竟有何用意。

說書人繼續說了下去，「雖然我拒絕了他，但男爵想必還未死心，只要我點頭同意，要他接受你們的事情，就算他貴為男爵也不能反悔。也就是說……我願意為你盡一份微薄的力量，成全你和她的愛情……這樣你覺得如何？話說到這裡，你總該明白我的意思了吧？」

姜特仔細的聽進說書人所說的每一句話，默默地點點頭，露出了一個虛弱的微笑，道：「哦，我明白了，謝謝您的美意，我想我不能接受。」

說書人挑眉，眼中有難以置信的神色，「我想是我聽錯了……你說什麼？你拒絕我的提議？難道你以為你有本事改變男爵對你身分的成見嗎？你可別天真的以為，只要在原地等待就會有結果！」

「我並不是在等待。」姜特嘆口氣的回答，「木已成舟，費心做任何改變只是徒勞無功。」

說書人聞言，在他左臉那隻黯淡的灰藍色眸子，因為姜特這句話而燃起愉悅的火花，「我看你是墜入一種名為愚蠢的激情之中了，你把自己當成聖人，誰會感激你？可笑的凡人，可笑的愛情。」

姜特被說書人冰冷的嘲弄嚇了一跳，他除了沉默之外也別無選擇，要是再多說一句反駁的話，誰知道說書人又會怎麼待他呢？

那時從馬車隊伍最前頭傳來叫喚的聲音，也為姜特化解一時的尷尬。他咳嗽幾聲，便對說書人說道：「男爵先生在叫我，先走了。」

望著棕馬離去的背影，說書人不自覺想著梅瑟那張可恨的笑容。他究竟是誰呢？

即使他給人感覺很像以前跟自己訂過契約的「那個人」，但是說書人依然不敢妄下斷論。

或者更應該說……他不想知道那個他可能已經知道的答案。

「男爵先生。」姜特策著馬，緩緩在第一輛馬車窗邊停下，「您找我有事嗎？」

博格男爵神色沉重的盯著他最信任的騎士，「你跟昆德麗是什麼時候開始的事？」

姜特聞言，心口先涼了半截，他試圖讓自己看起來不那麼緊張，可是在盛怒的男爵面前，他仍舊不敢說謊。

馬蹄聲混著飛揚的黃沙，稍稍舒緩短暫的尷尬時間。兩個男人誰也不說話，都在等對方開口。

男爵發出一道嘆息，揉著額頭，看起來似乎很為難，「我直接說吧，我在很久以前就曉得你們有曖昧的感情，我也知道你喜歡昆德麗……但是，我不準備把女兒嫁給配不上她的男人。這樣你懂了嗎？我可以為你另外找個門當戶對的女子，昆德麗的事就當作沒發生過。」

「我不知道是什麼時候開始的，但過去有很長一段時候，我跟她一直在一起，等到小姐對我表示好感的時候，我們就……」姜特想起昆德麗要他重視兩人的愛情，於是情不自禁的鼓起勇氣回答。

「就怎樣？」男爵有些氣急的看著姜特，沒想到他最忠心的侍從居然敢反抗自己，但男爵很快的說服自己原諒姜特，畢竟擁有一身好劍術又忠心的下屬已經不多。

「我已經說過要在歌劇院發表新戲的那一天，決定我女兒的丈夫人選。除非你能讓我動搖主意，否則我的答案還是不會改變的！」

「男爵先生！」姜特還想多說，即使他知道說什麼都沒用。

「好了，我不想再講已成定局的事。」男爵焦躁的說道：「過去的事，我不想再追究，但是你最好別再讓我失望下去！」

姜特抿著唇，勉強保持沉默。看著男爵的臉色變得鐵青，即使姜特有再多內心話想表白……顯然的，他已經錯過最好的時機。

Vierter Aufzug : Die Vergessene Oper

第四章 被遺忘的歌劇

馬車在歌劇院大門停下，博格男爵一家人分別下了車，讓馬夫將車駕去別處。

歌劇院的管理人梅瑟與數十名員工站在門廳台階上，等候一群客人的大駕光臨。

說書人從遠遠的地方就看到梅瑟迎向男爵，還露出爽朗的笑容，任誰看了都會相信他是個本性端正的好商人。

真是有夠虛偽的。魔鬼的惡作劇與那封請柬，果然都是無聊的噱頭！

說書人勉強壓下不愉快的心情，沉默的跟在人群後面。他看看四周，發現歌劇院不知何時竟被人海重重圍繞，便轉身對姜特問道：「還不到下午，歌劇院就來了這麼多人，難道城裡的人都沒聽說這裡有魔鬼的惡作劇出沒？」

姜特立即解釋：「來看戲的人，雖然都知道近來頻傳意外，但是戲劇對他們來說不只是休閒娛樂，更象徵地位階級的不凡。喜歌劇院從開設以來就風波不斷，卻因為這樣，令大眾對它更感興趣！不瞞您說，這些人不但知道有『魔鬼』棲息在歌劇院，還是特地來見識『意外』的！」

「這些人這麼愛湊熱鬧？」說書人挑眉，等待姜特的解說。

「您好像不知道本市被稱為有名的歌劇之城？科米希之所以有這麼特殊的別稱，就是因為城裡有三座豪華的歌劇院，讓我為您簡單的說明一下本城的環境吧。」

「好，請說。」說書人道。

「科米希因為過去大力推行文藝運動，所以一共修整了三座歌劇院，座落在西邊與東邊的歌劇院分別由政府設立，不僅設備高級，歷史也很悠久。」

「但是，這兩座歌劇院對住在市中心的居民來說卻交通不便，因此城內鄉紳有鑑於此，便集資設立喜歌劇院。當然，出最多錢投資歌劇院的人就是男爵，所以哈來頓先生總是到城堡拜訪男爵，有時也談歌劇院的經營方針。」

說書人挑了挑眉，疑惑道：「那位哈來頓先生與男爵時常來往，他們的關係很密切嗎？」

「他們是多年的好朋友。」姜特的表情有些不自然的僵硬，「還有，這間裝潢新穎的歌劇院因為標榜藝術平民化，也是城裡眾多市民留連忘返的場所。在這座幾乎天天人滿為患的歌劇院，有不少靠著人氣與美貌誕生的名演員在此演出，您一定要見識一下。」

說書人將頭上戴著的黑色帽子壓低，隨即陷入沉默。他不想知道喜歌劇院有多了不起，能讓他產生興趣的只有梅瑟跟那個遊戲。

這時梅瑟的聲音，忽然飄進說書人耳邊，聽起來有種歡快的興奮感。

「午安，歡迎駕臨歌劇院！說書人，見到你真讓人開心。知道嗎，這幾天我腦子想的人幾乎都是你哪。」

說書人不為所動，依然冰冷的望著那個故作熱情的男人。

「哈來頓先生，上次沒來得及問候，十分抱歉。」姜特對梅瑟點頭致意，彷彿忘記之前令人尷尬的事。

「喔，怎麼會呢。」梅瑟滿臉笑容的看著姜特，提提眼鏡，說道：「你先跟男爵一起進去吧，我見昆德麗小姐好像在找你，她看起來還挺心急的呢，別讓淑女久等哦。」

姜特看著說書人與梅瑟，彷彿發現這兩人的眼神怪怪的，似乎有什麼不想被第三者聽見的話要說。於是他朝兩人行了一個注目禮，隨即離開。

「好了，這裡沒有別人。」梅瑟傾著身體，讓自己的臉稍微靠近說書人，接著對他伸出手說：「不管先前的場面有多麼不愉快，至少今天讓我們建立友好的關係吧？或者，你還想跟我繼續爭辯？」

說書人盯著梅瑟伸過來的手，沒有預警的將它往旁邊用力揮開。他看著梅瑟，同樣報以親切的笑容，但是說話的語氣卻異常冷淡，「哼，連對他人的基本尊稱都做不到的人，根本不配跟我當朋友。」

看著從灰髮青年眼底迸出的怒氣，讓梅瑟愣了一下，然後哈哈大笑：「想不到你這麼拘謹啊？我不叫你先生就不尊重你？說書人，難道你不覺得，為了拉近人與人之間的距離，適度熱情的回應是有必要的嗎？」

在說書人嚴肅的表情底下，那道慘白色的嘴角一彎，形成嘲諷的笑容。他笑了一下，馬上冷漠的收起笑容，邁開腳步從梅瑟面前直直走過。

被說書人三番兩次的徹底無視，梅瑟不覺得失意或沮喪。反而認為很有趣，還急追過去，試著逗逗說書人。

「好，是我失禮。我尊重你，叫你說書人先生好嗎？你一直走個不停，莫非不打算進劇場？」

始終不搭理梅瑟的說書人終於停下腳步，他伸手轉了一下帽沿，表情犀利地看著梅瑟，「我告訴你，你的所作所為一點都不像個凡人，讓我對你很有興趣！雖然我不曉得你是誰，但我知道你不是『梅瑟』。請你記住，我一定會揪出你的真面目。」

「我不是梅瑟？那麼你說我是誰？」梅瑟大方的攤開雙手，故作迷惑的看著他。

說書人踩踏著歌劇院鋪著紅毯的台階，當他停下腳步，轉身過去的同時，遮住他右臉的髮絲微微飄起，露出一對充滿敵意的目光。

他瞪著梅瑟，被梅瑟那番質問的語氣激怒地說：「先生，現在我還不知道你是誰，但是之後就很難說了，再會。」

目送那位盛氣凌人的難搞客人進入歌劇院，梅瑟臉上的笑意迅速從嘴角消失，唯獨那對血紅色的眼睛惡作劇般眨了幾下，很有期盼與說書人接續發展的意味。

「真是難以取悅的男人哪。」梅瑟低語著。

過了一會，一名歌劇院的男性員工從門廳走出，向梅瑟打了聲招呼，「哈來頓先生，別只是站在外頭，首演儀式快開始囉。」

梅瑟神色一整，點了點頭說：「好，我們進劇場吧。」

男人臉上掛著微笑，並且期待再次遇到說書人。

喜歌劇院二樓與三樓的看台，就是今天新戲首演的客席場地。

當人們穿過歌劇院長長的迴廊，便來到其中一間富偉華麗的戲廳，他們看見高掛在天花板的水晶燈、牆角的人像雕飾、還有大紅色與金色相間的裝潢，不少人好奇地觀望眼前的景象，好似從未見過大場面的鄉巴佬。

看台與走道聚集了前來欣賞歌劇的市民，其中不乏時常看戲的貴族名媛，再加上一向不太在公眾場合露面的博格男爵一家人……今天的歌劇院似乎來了不少貴客。

在開演前的三十分鐘，所有客人都在接待員的指引下找到自己的座位，同時安靜的欣賞手中的劇目單。

一道柔軟的少女叫聲從走道上響起，與群眾壓低交談聲的狀況相較，顯得諷刺。

「安琴！等我一下，妳不要在劇院跑來跑去的！」

一名衣飾儒雅的青年氣喘吁吁的追在少女奔跑的身影後面。

「有什麼關係嘛，今天是大首演耶！晚來就佔不到位子……嗚哇！」

少女完全不顧慮橫衝直撞的後果，當她的臉與一堵人牆相撞，馬上因為激烈的反彈而一屁股跌坐在地上。

「啊啊啊……好痛！到底是哪個傢伙不早點進場，還站在這裡故意讓我撞啊！」

「撞疼妳了嗎？抱歉。」

一個親切溫柔的低沉聲音使少女抬起頭，只見一個陌生的灰髮男子正向她伸手過來。男子未被頭髮遮住的半邊臉頰近距離出現在她眼前，讓少女竟忘了起身，只是傻愣愣地盯著男子瞧。

少女臉頰不自覺的羞紅，因為面前的男子生得一副英挺的外表，然而他給人的感覺相當深沉，完全不同於她見過的任何男人。他並不像他們那麼粗俗，卻富含神祕的氣質，讓人忍不住迷醉在男子的目光之中。

「起不來了嗎？我能否扶妳一把呢？」男子憂心的看著少女。

在少女身後的青年急忙打圓場的扶起少女，並對男子解釋地說：「對不起，我們怕來不及趕上揭幕，才跑得這麼急，您沒事吧？」

男子重新戴好黑帽，臉色柔和的笑了一笑，「不要緊，你們找到座位了嗎？」

青年猶豫了一會，正要從少女手上拿起票根，然而一隻陌生、從沒見過的大手卻突然搶走他們的戲票。

少女與青年轉頭看見梅瑟與一名接待員站在他們身後，嚇了一跳。

「哈、哈來頓先生？」

戴著黑帽的男子，沉默的盯著梅瑟別在西裝胸口的名牌。上頭印著一排黑鉛字體，令他眼光變得深沉，先前招呼少女的溫柔神色也已從他臉上褪去。

「喔，這兩張票揉成這樣，根本看不出座位號碼了嘛。」梅瑟眉一挑，嘲諷的眼光越過少女與青年，直接落在灰髮男子身上。

「對不起，我們沒注意到那些……難不成這樣就喪失看戲的資格嗎？」少女雖然不甘心，但自知有錯，只好硬著頭皮道歉。

灰髮男子——說書人見狀，他迎上梅瑟的目光，冷聲說：「難道身為歌劇院管理人，連為顧客重新安排座位的能力都沒有？」

梅瑟笑著說：「這有什麼問題？看在你的面子上，我安排最好的位子給他們。」

說書人見梅瑟在女接待員耳邊低語一陣子，那位身材高@的女性就帶著少女與青年從說書人面前離去。

「借過。」

說書人步向梅瑟，打算從看台門口離開，但是梅瑟似乎對說書人的要求充耳不聞，動也不動，似乎不想讓說書人走。

「我幫了你的忙，不說聲謝謝嗎？」梅瑟用手指壓住金邊眼鏡，露出戲謔的一對紅色眸子，表情似乎在笑。

「既然如此，我想您應該讓我去謝謝那位女接待員才對。」說書人反譏的說。

梅瑟挑起眉，一臉苦笑，「你還真是固執哪，我都這樣表現我的誠意了，難道你不能試著體會我是個友善的好人嗎。」

當說書人走過梅瑟身邊，他冰冷的眼神再度射入梅瑟眼底，「你的存在非常礙眼。」

一陣陣高亢的美聲充滿整間歌劇院，同時亦從走道的小門口流洩出去，像爆發的洪水淹沒每個觀眾的聽覺世界。唯獨走道外面的白色長廊，一道黑影漸漸步向角落，試圖將女伶的歌聲從耳裡驅散。

這時，從黑影身後響起另一道沉穩的腳步聲。

「你在這裡。」

黑影轉過身，驚呼著，「說書人先生！您找我有什麼事？」

「你怎麼沒跟在男爵身邊呢。」說書人臉上刻意浮起笑容，接著以審視的目光盯著姜特，試探的問著。

姜特沉默了一會，嘆氣的低語道：「我再也沒那個機會了。」

說書人向前走了幾步，手扶上白牆，「你真的打算放棄昆德麗了嗎？」

「打算放棄了。」姜特說。

「哼，我已經告訴你一個很好的機會，可以改變男爵對你的看法。但是你不懂沒用到不去爭取自己的幸福，還如此顧影自憐，快振作起來，我不容許你輸給那傢伙！」

站在長廊轉角的說書人，臉上的表情被陰影適時蓋住，他灰藍色的眼眸盯著姜特，過了一會，說書人臉上浮現了微笑，以及一絲令人不寒而慄的詭異。

「何必為了這點小事放棄昆德麗呢，我說過，我可以協助你。」

姜特沒有看到說書人唇邊陰暗的笑意，自顧自的說：「來不及了，我知道男爵屬意的人是哈來頓先生。這樣也好，我知道昆德麗小姐會獲得幸福……這樣就好了。」

「你真是個傻子，如果那個人『不是』梅瑟的話，你豈不是白費這番心意了？」說書人暗示地說。

姜頓愣了一下，他還是聽不懂說書人話裡的玄機。「這是什麼意思？」

「你覺得是什麼意思？難道要我一字一句的明白告訴你，那樣你才會知道自己的

愚蠢?夠了，讓我教你如何主動出擊，從『那個人』手中搶回昆德麗吧。」說書人從皮箱取出一枝銀色的管狀物，交給姜特，「拿去，這是給你的武器，騎士。」

「你給我這個東西做什麼?」

姜特困惑的表情看來有點僵硬。他知道今天從城堡出發到歌劇院的時候，說書人對他說的每句話都充滿尖銳的挑撥，就是要他鼓起勇氣挽回昆德麗。

在那瞬間，姜特終於明白了說書人的動機，但是他卻愣在原地不知所措。

說書人嘴角浮起一抹充滿陰謀的微笑，「這是銀笛，我要你在舞台上吹一首曲子，那麼你就可以光明正大的改變節目表的劇目，好好的將他一軍。」

銀笛在陰影底下閃爍的光芒能夠牽動人心，灰銀色的管身摸起來冰冰涼涼的。

姜特一臉的茫然，「等等，你說的『那個人』與『他』，是不是同一個人?他到底是誰?」

說書人走上前，緊扣住姜特的手，以陰狠的目光審視他受驚的臉龐，「你的愛情故事雖然很有意思，但終究也只是我跟他遊戲的一個餘興插曲。好了，不要問這麼多，快聽我的命令上舞台。」

「我不會吹奏樂器，您這個要求實在太突然了！」姜特瞪著說書人的眼神充滿錯愕，他根本想不到這位溫文俊秀的男子會說出這種沒有道理的話。

「放心吧，我會給你上台的勇氣。你會像童話故事的王子一樣英勇登場，當你揭穿魔鬼的假面具，公主就是你的人了。」

說書人拉高帽沿，用手撥開遮住右臉的髮絲，露出一對陰森的灰藍色眼眸。

「您……」姜特警覺性的瞪大眼睛，思緒一團混亂。

「我自稱為說書人，但可不只會說故事。」灰髮男子的眼神變得銳利，笑容冷酷得沒有溫度，「當我說的故事在現實世界發生，我就能讓膽小鬼變成不怕死的勇士。好比你……姜特先生，你發覺你的情敵身上有一個祕密，你會用這枝銀笛揭穿他的陰謀。」

「您究竟在胡說什麼！」姜特懷疑的看著他。

「故事已經開始轉動了，來，改變上演的劇目吧。然後，我要揪出歌劇院的魔鬼

假面具，看看面具底下真有其人，或者只是一場噱頭！」

說書人動著嘴唇，沉默無聲的張合著，好像在唸某種讓人聽不懂的咒語。姜特越是想看清楚，意識就越薄弱，直到他的眼前一片漆黑……

在壯麗的歌劇院舞台上，那位受眾人喝采的名伶瑪麗安娜，正在朗誦劇中的一段台詞。

她是美麗的伶人，也是天生的歌唱家。除了有著一副澄淨透明的好嗓子，還擅長演戲，只要看過她一眼，很難有人不迷醉在她的舞台風格之中。再加上她白皙的皮膚、艷麗的容貌，即使穿著普通戲衣，依然有公主般的高貴氣息。

即使她唱的曲段不帶旋律結構，所有對話念白沒有配樂襯托，但是只要她撥動棗紅色的蓬鬆鬈髮，姿態嫵媚的朗誦念白與唱詞，她就是舞台上最受人注目的焦點。

瑪麗安娜利用高昂的美聲，將女高音聲部的技巧、寬廣的音域發揮得淋漓盡致。與她搭檔的男演員接著以口語對白搭配樂段，瑪麗安娜則以明亮清脆的聲音唱著劇中歌曲，令人聽起來並不紊亂，反而加強唱劇的音樂性。

歌劇院透出莊嚴的氣氛，因為這是一部歌頌新即位的皇帝陛下的宮廷歌劇。坐在二、三樓看台的觀眾感受表演的高潮，忍不住紛紛拍手。

「真是出色，好像黃鶯一樣的歌聲！」博格男爵激動不已的看向坐在他身邊的梅瑟，神色之間充滿強烈的激賞。

梅瑟瞧著舞台上擺首弄姿的女伶，不禁露出充滿成就感的笑容，「這不過是瑪麗安娜本身的資質好，再加上後天一點調教罷了，博格男爵實在客氣。」

男爵愣了愣，接著大笑，「你有這隻會唱歌的小鳥，還怕在科米希混不出名堂嗎？你不用擔心被那些人散布的傳聞抹黑，因為另外兩間歌劇院看過今天首演的盛況之後，都要懼怕你的聲勢！」

梅瑟沒有回答男爵稱許的話，他以隨性的姿勢坐在椅子上，把腳翹了起來，將交

握的雙手靠在膝蓋，薄唇扭出一個完美的弧線，笑容深不可測。

昆德麗坐在男爵身旁，她看起來十分沮喪。回想姜特被男爵冷淡的打發到戲廳外面，青年那時露出的失望模樣一直讓昆德麗印象深刻。她想跟他一起離開歌劇院，卻礙於可恨的男爵千金身分，讓她只能眼巴巴的目送戀人離開。

對昆德麗來說，這座富偉的歌劇院與華彩的樂段都是沒有意義的。即使人們為美麗的伶人不斷讚嘆，她卻無心看戲。

待在這裡只會讓人焦慮難耐，她只盼望這場戲早點落幕。

當女伶與男演員合唱之時，從舞台的兩旁側邊走道突然傳來奇妙的笛聲。

舞台上的兩名歌唱演員驚奇的張望四周。對他們而言，這並非戲劇的一部分。顯然，這個突如其來的變化弄得演員措手不及，不知該即興演下去，還是暫停演出。

四周看台的吵雜聲音不知何時消失，取而代之的是清脆響亮的笛聲。

就在觀眾們談論這個意外的同時，一個令昆德麗熟悉的身影走上舞台，他一邊吹著銀笛，一邊從高掛的簾幕中出現，吸引全場觀眾的目光。

「各位專心看戲的朋友，請仔細的聽我吹奏的笛聲……現在我將為你們述說一個發生在托爾堡，關於一對相愛的戀侶礙於身分階級觀念，以致無法結合的故事。」

昆德麗錯愕的看著舞台，她難以接受的張大眼睛，很難相信面前上演的情景，她揉揉眼睛，懷疑是自己看錯了。

歌劇院裡一片吵雜的聲音，已經打亂這齣歌劇演出的正常節奏。看台上的觀眾彼此交換困惑的眼神，接著又看回舞台，他們試圖猜測這是否為歌劇院特意安排的餘興節目。

此時笛聲的旋律越發熾烈，全場觀眾感受到一種令人發寒的冷意。他們聽著男子吹奏的笛聲，看見舞台上有道冷凝的白光激烈閃爍著，當光芒褪去之時，不可思議的事就發生了。

兩個演員先是身體猛然一震，彷彿肢體動作不屬於他們的意志一般，緊接著，女伶在原地優雅的轉了一圈，眼中盈著淺淺笑意，開始念白的動作。

「我是托爾堡最有名望的金匠之女狄絲，我的父親要將我嫁給仲夏夜的名歌手優

勝者，可惜我心已許給騎士王爾古雷。噢，多麼受罪，多麼痛苦！」

瑪麗安娜提起裙襬，微笑的注視擔當男中音的演員，彷彿他倆飾演的角色是金匠之女與騎士呢！可是在前一陣子，他們卻唱著與愛情毫無關係的朗誦念白。

男中音在一個餘韻的空檔，呼應瑪麗安娜的念白，歌唱道：「妳柔美的容貌擄走我的靈魂，讓我明白這就是愛情！雖然妳是城中貴族為之傾心的佳人，但我要為妳打破萊格納先生的成見，通向我倆幸福之路，已經準備好了！」

看戲的群眾訝異的聽著兩位演員所唱的台詞，無不睜大雙眼，難以適應中途改變的劇碼。

當然這些人之中也包括博格男爵與昆德麗，他們光是看到姜特跑到舞台上面就夠奇怪的了，更別說那充滿既視感的台詞。

梅瑟抿起嘴唇，眼底掠過審視的目光。

這時，舞台上——

「爹爹要我嫁給書記官，但我不愛他。」狄絲哀傷地唱。

「我無法通過名歌手的試驗，與妳門當戶不對，讓我哀愁把命喪！」王爾古雷唱。

「固執的爹爹，竟不知真愛比地位更重要！」

「愛情與美德應該要有結果，如果這是命運，便是魔鬼的捉弄！」

「這裡有魔鬼，就在人心之中，這裡有魔鬼，他無處不在！」

台上的二重唱讓坐在台下的博格男爵感到思緒混亂，惱怒趕走了他欣賞歌劇的好心情，他不糊塗，一聽便知道這些台詞背後的意義。

「這是你故意安排諷刺誰的曲段嗎？」男爵忍無可忍地對梅瑟低喝。

梅瑟收回專注的目光，轉而看向男爵。他勾著嘴角，眼裡掠過笑意，「沒什麼，舞台出了一點小小的錯誤，請您稍安毋躁。」

「小小的錯誤？你也太粗心大意了吧，還不快給我把事情弄清楚！」男爵氣呼呼道，非要面前的管理人給他一個交代。

梅瑟禁不住男爵再三催促，立即從座位上站起身，以全場觀眾都聽得見的洪亮聲音朝舞台大聲問道：「等等！台上的人，男中音和女高音的台詞究竟出自哪一齣戲？好好的一部神劇，為什麼唱得亂七八糟？」

舞台上的兩個演員，停下歌唱的動作，疑惑的看向台下的歌劇院管理人，接著大聲回道：「先生，今天的劇目不是《銀笛歌手》嗎？」

坐在位子上的一群觀眾聽見演員們說的話，紛紛困惑地看著梅瑟，「今天是《銀笛歌手》的首演日！是劇目表印錯了吧？」

「對啊，劇情正精彩的時候，發生什麼事了？」

戲廳中人聲沸騰，吵嚷的說話聲此起彼落，不絕於耳。

梅瑟英挺的臉上沒有笑意，他瞪著舞台，紅眸盛著震撼：「居然將劇目變換為完全不同的另一齣戲，引起『歌劇效應』……你就那麼想跟我在歌劇院見真章嗎？」

姜特放下銀笛，雙目爆出怒火，怒喝道：「哈來頓先生，你緊張了嗎？看看我為你精心安排的戲碼，讓你大感驚訝吧！這齣《銀笛歌手》，就是在諷刺博格男爵迂腐的成見！」

男爵見狀，惱怒的大罵：「姜特，你發瘋了嗎，居然敢對我這麼說話！你不在乎被我趕出城堡，也不在乎昆德麗嗎？」

梅瑟朝台上喊道：「姜特先生，您為什麼擅自跑到台上干擾戲劇的演出？如果有事，我們可以到後台商量！」

「姜特，你究竟怎麼了？不要破壞歌劇院的演出，快離開舞台！」昆德麗雙手合十的哀求著姜特，「你從來不做這麼失禮的事啊！」

梅瑟觀察著四周的變化，一雙利眼掃向台上的姜特，同時心想：是啊，如果是進場之前的姜特，絕對不敢上台打亂劇目的演出，除非這人不是姜特。

他心思一整，發現姜特手中拿著銀笛，不由得神色大變。但是，他很快便不著痕跡的掩飾過去，並且兩手環胸的看著姜特，一副期待的表情。

「住口，昆德麗！我要用我手中的銀笛，證明妳未來的夫婿——也是我的情敵，這位歌劇院管理人的真面目！」姜特舉起銀笛，澄亮有力的聲音迴盪在歌劇院寬大的舞台之上，像漣漪般滲入群眾耳裡。

「姜特，你知道你在說什麼嗎？哈來頓先生怎麼可能是我的……」昆特麗既尷尬又難為情的看著男爵，情急下對梅瑟解釋地說：「這是誤會！姜特一定昏了頭才會說冒犯您的話，哈來頓先生……」

梅瑟挑起一對濃密的劍眉，臉上浮現微笑的光彩，「好啊，你既然這麼說，那就來揭穿我的真面目啊。」

無視男爵的驚訝，也無視昆德麗的勸阻，梅瑟毫不在乎姜特的無禮。但是過了一會，他突然執起昆德麗的手，以侵略的眼神注視著她，對姜特道：「萬一你輸的話，昆德麗小姐只好當我的妻子囉？」

「哼，傳說偽裝成人類的魔鬼，都懼怕神聖的旋律，我們來試試看吧。」姜特把銀笛放在唇下，開始吹奏。

群眾之中有人指著台上嚷嚷說著，「他在吹什麼曲子?」

梅瑟臉上沒有出現一點痛苦，反而神色自然的從西裝口袋拿出一個小小的銀哨子，像驅趕姜特的笛聲般用力吹響它。

兩種聲音在尖銳的衝擊之後，姜特被震得向後一退，仍然不死心的瞪著梅瑟。

「你才是魔鬼！姜特，你被不知從哪來的惡靈附身了！」梅瑟向台上一指，又吹起哨子，「我可以證明給你看！」

這次，姜特被那道哨聲帶來的莫名力量一壓，整個人砸向擺設的布景，道具紛紛應聲而倒，舞台溢出濃濃的灰塵與濃霧，在那其中，一枝銀笛滾出了濃霧。

台下傳出男人恐懼的談論，「真的是魔鬼！剛才那個男人被附身了！」

「魔鬼！歌劇院真的有魔鬼出現了！」女人們紛紛驚慌的逃離歌劇院。

梅瑟得意的彎起兩邊嘴角，笑聲埋沒在群眾的尖叫之中，「想用分身跟我鬥？太天真了。」

第五章 被遺忘的歌劇

Erster Aufzug : Die Vergessene Oper

在歌劇院二樓的戲廳外面，無人冷清的白色長廊瀰漫著凜冽的空氣，倚著白牆的黑影抖動著身子，發出深沉的嘆息。

當說書人張開眼睛，握緊雙拳。一向冷靜的他，此刻卻不能自已的發怒，連指甲陷進肉裡，他仍舊氣憤地感覺不到疼痛。

「可惡的梅瑟，居然用銀哨干擾我的演奏……好吧，如果不能證明你是假貨，今天這場戲，誰也不准謝幕！」

他提起皮箱走進二樓，馬上被一臉慌張的昆德麗擋住去路。

「怎麼了?不是在看戲?」說書人抿著嘴，沉著地看向少女。

昆德麗急急地說道：「說書人先生，請你救救姜特！剛才他不知道怎麼回事，跑到舞台上說了一堆得罪哈來頓先生的話，大家都說姜特被魔鬼附身了，這間歌劇院有魔鬼！可是……可是姜特是無辜的！請您救救他！」

說書人擰著眉心，給少女一個安慰的笑容，「我去看看那邊的狀況，別擔心。」

昆德麗急急跟在說書人身後，以最快的速度解釋戲廳的狀況。

說書人假意對昆德麗點點頭，心中卻塞滿對梅瑟的怒意。他從沒這麼期待見一個人過，梅瑟應該覺得榮幸！說書人恨恨地想著，接著他看到一樓舞台聚滿圍觀的群眾，在那些人當中，有他最想見的男人。

「我什麼都不知道！」

姜特被兩個接待員押到梅瑟面前，他茫然的看著眾人，顯然不明白發生了什麼事的說：「我只記得我跟說書人先生說話，後來我什麼也不記得了……」

梅瑟觀察姜特的眼神溫和親切，但卻非常銳利：「不記得了?你知道自己著了魔鬼的道嗎？」

「哈來頓先生！這世上不可能有魔鬼……」姜特眼底盛著驚恐。

梅瑟飛快打斷姜特的辯解，他把手舉高，重重地在姜特臉上刮出一道紅印，「聽著，魔鬼善於迷惑人，看來你被迷惑了！我得將你關起來，等博格男爵決定怎麼處置你再說，把他丟到地下室！」

「不要！救我啊，男爵先生！」

姜特被幾個男人強行拖離舞台，徒留逐漸消失的哀號聲。

男爵難以置信地瞪著姜特的背影，他很難相信自己忠心的騎士居然被藏在劇院的魔鬼迷惑心智。

梅瑟環視舞台四周，語氣平穩地說道：「狄絲！王爾古雷！你們還記得自己剛才的唱詞及念白嗎？」

瑪麗安娜與男演員對看一眼，發現梅瑟是在對他們說話，於是困惑的搖頭，「今天上演的不是獻給皇帝陛下的神劇嗎？那兩個角色是誰扮演的？」

圍觀的群眾見狀，譁然不已。

「這就是了，你們都中了魔鬼的招數，幸好我驅逐了魔鬼！」梅瑟說。

昆德麗心中焦急不已，她正想出聲打破沉默，卻發現說書人快她一步的迎向梅瑟，似乎有話要說。

「如果真有魔鬼，這位先生又怎麼認為魔鬼不是你自己呢？」說書人拾起姜特掉在舞台的銀笛，目光陰鬱地走向梅瑟，口氣冰冷。

梅瑟哼了一聲，轉頭朝說書人無奈的笑了笑，「如果我是魔鬼，那在座的每一個人都有可能是魔鬼。如果我是魔鬼，我不會驅逐姜特體內的魔鬼，而是直接殺了他！」

聞言，說書人的眼底盡是火焰。

昆德麗推開說書人，揪著梅瑟的衣角求饒道：「哈來頓先生，請你放了姜特！」

梅瑟看著她驚慌的神情，不由得露出一副心疼貌，語氣溫柔地道：「昆德麗小姐，我也很想釋放姜特，可是被魔鬼附身的人，都有可能再度發作。況且，妳也看過他對男爵咆哮的樣子不是嗎？想想看，萬一他被魔鬼引誘去殺男爵先生，那事情就糟糕了。」

「魔鬼在哪裡呢？我們都沒有見過啊！」昆德麗問。

「我可不曉得，但是想必遠在天邊，近在眼前。」梅瑟說著，眼神若有所指的飄向說書人。

男爵的身體抖了一下，怒聲喝道：「梅瑟說得對，姜特要先關起來！我們要想一個方法驅逐魔鬼，這件事太危險了！」

「愚蠢，如果這是魔鬼的離間計，你們豈不是上當了！」說書人壓抑怒意的瞪著梅瑟，即使他以為自己將內心失控的情緒掩飾得很好，但他的眼中依然有把無名火在燒，「聽著，我要你交出地下室的鑰匙。」

梅瑟提提眼鏡，嘴角一彎，形成一個愛莫能助的苦笑，「噢，這個要求恕在下拒絕。說書人先生，你好像曾說要揭穿我的『真面目』，這句話真熟……姜特也這麼說過。」

群眾的目光立即落到灰髮男子身上。

說書人不為所動的站在原地，直接回應梅瑟一個鄙視的冷笑，「我不認為你是真的梅瑟，即使在這時候，我也要證明你是假貨。」

「哈哈哈！你被魔鬼附身了嗎？多管閒事只會自討苦吃，我已經警告過你囉。」

梅瑟走向說書人，用手輕捏他的下巴，強迫他的冰冷目光向著自己，「親愛的說書人，請你拿出一個教人信服的理由，不過我想你這對沒有感情的眼神……是不是被魔鬼附身啦？」

說書人用力推開梅瑟，口氣不好的大吼：「鑰匙！」

昆德麗也勸自己的父親說：「先釋放姜特吧，說書人先生一定有辦法的！」

受不了女兒的哀求，博格男爵百般無奈的看著梅瑟，「如果有其他辦法能救姜特，就把人給放了。」

梅瑟聳肩嘆息，從歌劇院員工手裡拿過鑰匙，最後交給說書人。

說書人一臉殺氣的瞪著梅瑟，光是兩人眼神的交會，他便知道梅瑟笑得如此挑釁的動機。

雖然梅瑟笑笑的沒說話，透過他的表情，說書人就是知道他的想法。

『如何？你要怎麼化解這場意外？我想知道你會怎麼做……親愛的說書人。』

一奪過鑰匙，說書人立即沿著歌劇院的旋轉樓梯，直奔地下室。他打開門，發現姜特躺在地上，顯然是被打昏的。

說書人蹲在姜特身邊，用手拍著他的臉。

過了一會，說書人看了看四周，確定沒有人在之後，才以歉疚與懊惱的聲音說道：「抱歉。」

他會利用姜特，是從他遇見梅瑟的時候就決定的事。雖然說書人並不在乎他人的感覺，不知怎麼，他還是想說那句話……可笑的人性。

說書人失笑的從地上站起，然後環視四周。一片陰暗的地下室只有鑲在牆上的兩扇氣窗能透進幾道微弱光芒，即使輕輕走動也能揚起漫天灰塵。

這個時候，突然響起拍打牆壁的悶沉聲音。

說書人轉身看著姜特，發現那聲音又響了起來。於是，他走近發出聲音的地方，接著輕輕敲了一下，側著耳朵留神注意變化。

牆壁立刻發出撞擊的激烈回應。

「你是誰?在這裡面嗎?」

說書人一邊喊，一邊找尋牆壁的隱開關，有一條看起來很像隱門的機關，但是怎麼推就是打不開。

「雕像……」

牆壁裡發出微弱的聲音。

說書人抬頭一看，發現牆上有個人頭雕像。他將雕像輕輕一壓，聽見牆壁發出清脆聲響，說書人以肩膀的力量推開隱門，從皮箱拿出一根銀棒輕輕轉動，令它前端發出冷亮的白光。

「是哪位朋友？請出個聲。」

「在這裡……」

「你是誰？」

循著微弱的聲音，說書人找到了被白光圍繞的男人，只見他虛弱的顫抖，似乎快死了。

「我的名字……嗚咳！我是歌劇院管理人……梅瑟．哈來頓。」

說書人走近自稱梅瑟的中年男子，心想如果這個人是梅瑟的話，外面那個梅瑟又是誰？雖然他的直覺認為那個梅瑟是假的，卻沒想到真的被他找到證據！

「如果你是梅瑟．哈來頓，為什麼會在這個地方？」說書人問。

「一個星期前，有位女士來拜訪歌劇院，我記得她有一頭光亮的金黃色長髮，靈活的紅色眼睛……因為她說想參觀歌劇院，我就答應帶她參觀，沒想到她在地下室用計把我關進這道隱門……後來的事，我就不知道了。」

金髮、女人、紅色眼睛。說書人心中細細咀嚼著這些關鍵字，隱約發現什麼。

男人驚恐的睜大眼睛，抓緊說書人的衣角：「我想知道你是怎麼進到歌劇院的？博格男爵有來嗎？如果是的話，請你快帶男爵離開！因為那個金髮女子在將我關入隱室的時候，說要殺掉男爵！」

「好，請隨我來，我會帶你去見男爵。」

說書人心中湧起一種快樂與得意的感覺，他眼中閃耀著勝利的光輝，因為他已經預見另外一位梅瑟失敗的情景了！

當說書人扶著「梅瑟」走出隱門，這時從地下室門口傳來一群腳步聲，一群圍觀的群眾跟著湧進地下室。

昆德麗看到姜特躺在地上，顧不得自己的身分與地位，撲向戀人哭泣，「快點醒

醒，姜特！」

姜特動了動，跟著呻吟起來，「我……怎麼一回事，對了！把我押來這裡的男人粗暴的敲昏我……」

隨昆德麗來到地下室的男爵見到此景，不免指著說書人大罵，「自從遇見你，就發生一堆莫名其妙的事！你身邊那個人是誰？」

說書人微微一笑，「恐怕莫名其妙的事還得加上一樁，博格男爵以及各位來賓，你們認得這個人嗎？」

男爵、姜特、還有昆德麗，以及在他們身後一群圍觀的人潮，見到說書人身邊的人，無不露出驚訝神情。

「對了，他不是哈來頓先生嗎？」群眾裡有人率先喊出聲。

男爵一臉恍然大悟，「啊，他是我的朋友梅瑟。等等，之前跟我一起看戲的人……你又是誰？」

群眾的目光落在站在地下室入口的梅瑟，那個相貌俊秀的年輕男人。

「我們怎麼會把那個男人認成哈來頓先生呢？他應該是個中年紳士啊……」

「這個人究竟對歌劇院管理人幹了什麼好事啊？」

對於如浪花般湧來的責難，年輕男人不但沒有生氣，反而仰頭大笑，「哈哈哈！想不到被你找到了隱門的開關，看來我不該留這一手……太有趣了！」

說書人放開身邊的梅瑟，他掀開西裝外套，拔出腰上掛著的銀手槍，神情陰狠地瞪著假梅瑟，「你還有什麼遺言要說嗎？現在我已找出證據，你的死期到了。」

「剛才的『替身』是你幹的吧？想殺我？你最好先擔心博格男爵的安全！」假梅瑟說完，從懷裡夾起一排刺眼的光束，作勢對男爵不利。

姜特見情形不對，立即推開昆德麗，奔向男爵並將他撲倒。兩人一跌到地上，立刻聽見銳器插進牆壁的聲音。

趁著這個機會，說書人毫不猶豫的將手槍瞄準假梅瑟，接著開槍。

砰的一聲，子彈沉重的埋入木門，引起所有人的尖叫。

假梅瑟敏銳地避開槍擊，並故技重施的拿出對付男爵的飛刀。他咧嘴笑開的神

情，像野貓一樣陰險，「這種想置人於死地的無情男人，我以前也見過一個。你的槍法還不夠準哦，再多試幾次怎樣？我很想這麼說啦，不過你大概沒有機會了，死吧！」

他揮手，將飛刀迅速地射向說書人。

說書人眼裡閃爍著憤怒的青色火焰，幾乎與對方同時間展開攻勢，他嘶吼地朝假梅瑟連開兩槍，彷彿把滿腔恨意都貫注在雙手握住的那把手槍上。

飛刀閃爍著銳利的光芒，先與銀彈正面交鋒，再忠實的沿著直線射程，緊密地刺進說書人的胳臂。

然而假梅瑟卻在銀彈撞入他豐潤的胸口之前，整個人變成空虛的幻影，憑空消失在地下室。

銀彈沉重的埋進牆壁，只留一絲硝煙緩緩從牆孔洩出。

說書人瞪著假梅瑟消失的位置，氣得幾乎咬斷牙根。

「真是可惜！這次暗殺男爵的計畫被你破壞了。沒關係，說書人，我們會再見面

的，我是否定一切的精靈，只要有人類的地方就會有我的存在。我會否定你的一切信念，還會證明你的無力，你無法拯救任何人……包括你的妹妹。」

說書人抬頭看著天花板，彷彿假梅瑟就藏在上面。

「你還沒搞清楚嗎？從一開始我就知道是你，我認得你！你卻一直被我玩弄在手掌心而不自知！算了，我們有緣就會再見的！」

聽見假梅瑟的笑聲，說書人覺得這聲音就像毒蛇銳牙上的毒液，刺得他心中一陣刺痛，那個男人笑得越是猖狂，復仇的熾熱烈火越是燒遍說書人的全身。

說書人默默拔出臂上的小刀，洩恨地將它丟在地上。

此時昆德麗抽出懷裡的絲巾想要替說書人包紮，但是她卻被眼前的景象嚇得倒退三步，只見說書人胳臂上幾乎深可見骨的傷痕，居然被一道沾血的霧氣給圍繞，接著癒合了起來。

圍觀的群眾驚恐的抽氣，有人指著說書人叫道：「魔鬼！只有魔鬼才能自行治癒傷口！」

「這個人是魔鬼！」

博格男爵見狀，立刻將昆德麗拉到自己身邊，害怕恐懼的看著說書人。雖然男爵沒有出聲，但他眼中對灰髮男子的排斥已經表露無遺。

姜特這時站出來護住說書人，對男爵大聲地說：「男爵先生，我認為我們這樣是不對的！說書人救了我們是不爭的事實，您怎可這樣待他呢？」

「姜特，這裡沒有你說話的分！」男爵怒道。

「不，我一定要說！而且，我還要向你表明我對昆德麗的心意。我愛她，不是因為她的高貴，而是她本身吸引了我！不管你怎麼阻止，我都不會放棄讓你認可我們的機會！」

昆德麗見狀，欣喜的流著眼淚。

「華麗的外表與稱頭的身分，或許可以為你帶來一點虛榮感。但經過哈來頓先生的事，我才徹底醒悟過來！男爵，我沒有你要的身分地位，可我有一顆愛著昆德麗的真心，請你允許我們結婚！」

昆德麗用力掙脫父親的束縛，進而投入姜特的懷抱，這幕情景令眾人不禁驚呼。

不管男爵嘴裡如何叫著分開兩人，依然無法阻止面前上演的愛情喜劇。

「博格男爵，你還記得曾答應我一件事嗎？我若要求您成全這對璧人，不曉得您能否兌現您的承諾？」說書人微笑地說。

「這全都是你害的，還不給我消失！」

對於男爵沒有理性的咆哮，說書人只是嘆氣的提起皮箱離開。

他走到門口，圍觀的群眾便自動讓出一條路。可是，人們的眼裡卻盛著異樣的目光，說書人心裡明白，那是他們在看某種不瞭解生物的眼神。

說書人已經習慣這種感覺了，這一切都無所謂。

因為對他而言，能讓他在意的還是只有那個人……從一開始亦是如此，今後也不會更改。

步出喜歌劇院大門，熾熱的陽光灑在說書人寬厚的背上，他微微嘆氣，「本來以為這個城市很適合我，想不到還是要離開……」

他走到街上，聽見兩道慌亂的腳步聲伴著呼喊，遠遠地傳了過來。

「請等一下！說書人先生！」

說書人轉身，困惑地問：「兩位有事嗎？」

昆德麗與姜特看著彼此，一張嘴懸在半空說不出話，他們顯然沒有準備說詞，只是一古腦的衝過來。

察覺到這一點，說書人神色溫柔的一笑，與他之前帶著殺戮的冰冷眼神不同。

「我終於知道您為何百般的嘲諷我，要不是我的自信心薄弱，拿不出勇氣面對事實，您也不會這樣做吧？」姜特感激地說。

說書人臉上寫著苦澀的微笑，伴隨心中埋藏的情感，一切盡在不言中。

昆德麗猶豫的扭著雙手，開口說道：「對不起，您好不容易救了父親，他卻這樣遷怒於您……謝謝，同時也很抱歉！」

「您是我們的恩人，經過剛才的事，男爵先生似乎想通了，他決定不再固執己見！如果不是您，我一定不能……」

說書人出聲打斷姜特的話，「這樣就好，所有故事都有一個完美的結局，那就是我身為說書人的心願，祝你們幸福。」

他把頭上那頂黑帽的位置調正，向兩人點頭致意，接著轉身離開。

「等等！」昆德麗捺不住激動的心情，朝說書人背影喊道：「能否讓我們知道您真正的名字？」

「即使說了，你們也會馬上遺忘，因此你們沒有知道的必要。」說書人道。

姜特拚命附和昆德麗的話，說：「我們絕不會忘記救命恩人的名字，拜託您說吧！我們保證一輩子記得它！」

保證？絕不忘記？

說書人回頭，嘴角淡淡扯出一個苦笑，並在無聲的嘆氣後，走向兩人說道：「既然如此，我就把自己的名字告訴你們！」

兩人感激地點頭。

說書人動動嘴唇，他低沉的嗓音隨著嘴型勾勒出一個從來沒人記得的名字，親口

將它交給兩人，說書人帶著眼底的安慰轉身離去。

半晌之後，昆德麗呆站原地，有種忽然從夢裡驚醒的錯覺。

「姜特……姜特？我們為什麼在這裡？我們剛才在做什麼？」

站在少女身邊的騎士，也露出一副不可思議的表情，「昆德麗小姐，我們不是來歌劇院看戲的嗎，到底發生什麼事了？」

昆德麗撫著頭，一臉苦思貌：「好像曾經有誰站在我們面前，跟我們說話……你還記得嗎？」

「有這件事？不，我再怎麼想都沒有印象了，難道不是因為男爵准許我們訂婚，所以我們才到歌劇院欣賞新戲？」

「大概是這樣吧。」昆德麗對他露出一道甜美的笑容，「好，我們回去吧。」

姜特遲疑了一下，很快地，他釋出了溫柔的笑容，牽起心愛小姐的手，與她相偕離去。

◆・◆・◆

灰髮男子獨自在街上走著，當他停住腳步，回頭望著地上兩道被日光拉長的影子，臉上隨即露出微笑。

「即使所有人都忘了我也沒關係，因為那是說書人必須背負的詛咒。但是，我不會忘記你們的。」

男子邁開腳步向前走去，當他單薄的身影逐漸被街上的人群淹沒，耀眼的日光普照著歌劇城市，平靜的微風拂過此地，隨即消失了蹤跡。

◆・◆・◆

朋友，你喜歡歌劇嗎？

不要為了一齣戲的落幕而覺得失望，當這齣被遺忘的歌劇，拉下了象徵終曲的紅色簾幕，相反的，另一齣全新的歌劇將再次揭幕。

朋友，你想聽我的故事嗎？

如果你願意招待我一餐，或許我可為你講個故事。

有緣的話，我們就在其他地方再見吧。

- Komische Oper -

ZWEITER AUFZUG:
SILBER AM SPINNRADE

act two
魔女的紡紗歌

EINS 00001

-oper-001- NO.486879

第一章 魔女的紡紗歌

Zweiter Aufzug : Silber Am Spinnrad

在科米希東邊的郊區，有一座靠近山谷的森林。

森林的入口總有一大群荊棘蔓延，唯獨一條鋪滿枯葉的小徑沒有任何障礙物，但每當天氣變得陰沉，下過雨之後，小徑就會非常難走。

此時，整座森林籠罩在沉重的陰雲底下，與城市一樣，森林到處都是濃得化不開的白霧，而被陰雲沉甸甸地壓著的森林，天色加倍昏暗。

冰冷的風帶著流動的霧在森林中四處竄動，跟著響起一陣哭聲。

小男孩在森林裡沒命的跑著，在他心底尋路的焦慮與重回母親懷抱的渴望，全都

化成無助的眼淚。不管怎麼逃，眼前的濃霧總像鬼魅糾纏他不放。

男孩沒注意腳下的突石，當他跌在地上，便因為痛苦與恐懼而號啕大哭，「嗚哇哇……讓我出去！可怕的夜后，放我出去！」

這時候出現不屬於孩子的腳步聲，隨著踩踏草地的聲音，響起了輕巧的鈴聲。

男孩停止喘息與哭鬧，卻也不敢馬上翻身。彷彿身後站著可怕的蛇髮女妖，只要一看，全身就會被結成石塊。

他屏著呼吸把視線從草地移開。為了確認身後的聲音．他轉過頭，眼眸深處映著一道冰冷的銀光。

射穿雲層的月光，柔和地灑在披著銀髮的黑影身上。黑影朝男孩伸出手，手上繫著掛滿鈴鐺的臂環。

月光驅散黑暗，出現在孩子眼中的，是個帶著溫柔笑容的少女。

孩子忘了哭泣，甚至以為自己看見了精靈。如果世上真的有精靈，一定是溫柔善良，全身被月光圍繞的森林女神吧。

日光降臨在科米希的城市廣場，生性愛湊熱鬧的孩子們聚在一起遊戲。

孩子群裡，一道驚嘆聲尖銳地響起，吸引街上人群的注意。人群之中，有個穿著灰色西裝的男人停了下來，他被孩子談論的話題引起興趣，接著走了過去。

「騙人，是騙人的吧?你說你昨天在黑森林迷路，剛好那時候遇到森林女神?」

穿著吊帶褲的男孩重重的點頭，說：「那是個漂亮的姐姐，她一頭銀髮垂在腰際，兩隻手臂都戴著銀飾。她看我迷路就帶我走出森林，還叮嚀我不要在霧氣重的時候到那裡去玩……可是很奇怪，我想跟她說再見的時候，才一轉頭，她人就不見了。」

「邁爾又在騙人了，一聽就知道是隨便編的故事，演技爛得無話可說!」幾個孩子譏嘲的說。

「才不是，才不是！」邁爾一急，眼淚忍不住溢出眼眶，「我說的都是真的！」

「大家都知道那座森林有可怕的夜后。」女孩拍拍邁爾的肩膀，訕笑道：「是你在作夢吧？」

邁爾氣急的看著玩伴，哭紅了眼，索性不理他們了。

「抱歉，孩子們！你們在說故事嗎？」說書人面帶親切微笑，態度溫文有禮的看著他們說道：「是什麼故事呢？可不可以也讓我聽聽看。」

那些年約十二、三歲的孩子，聽見說書人的呼喚，他們好奇地靠近這個陌生男子，將他瞧了個仔細。

幾個女孩見了說書人俊秀的外貌，不禁熱情地答道：「是關於魔女的故事喔！相傳，魔女與夜后住在黑森林，把晚上闖進森林的孩子抓走！」

「這個故事很有寓言的味道。」說書人看著他們，說：「大哥哥也知道另一個魔女的故事，你們想聽嗎？」

孩子們看看彼此，頗感訝異的張大嘴巴，問道：「當然好！我們都要在睡覺前才能聽故事，已經很久沒有人說新故事了！」

說書人朝孩子們點頭微笑。

「找個安靜的地方好嗎？我會滿足你們的好奇心。」

孩子們領著說書人到廣場的噴水池前，找了一個地方坐下。他們睜大眼睛，既期待又盼望的注視說書人。

說書人低頭翻著書本，發現一股耀眼的陽光灑在身上，不禁露出微笑。這使得他看起來更加迷人而神祕，也讓孩子們的眼光始終離不開他身上。

「從前從前，已沒人記得到底是多久之前，但是每個人都記得，那是個銀白色的月圓之夜。詭譎陰森的黑森林住著一個魔女，她有一頭銀色長髮，如果被月光溫柔的照射，銀髮就會顯出淡紫色的光澤。」

「魔女有對銀澄的眼眸，纖細的柔美外表。她閒來無事，就會坐在森林木屋的紡車機前唱著紡紗歌，紡出雪白的紗布，並且偽裝成少女的模樣，送紗布到高貴的宮廷，藉此渡過她的漫漫人生。」

「有一天，森林發出一陣陣宛如痙攣的顫抖，簡直像是人死亡之前的尖叫。那都是因為魔女珍愛的銀笛被偷走，終使她無法控制自己的憤怒，向奪取銀笛的人類展開復仇。」

「銀笛？」一個孩子舉手發問。

「對，那是魔女的收藏品，很珍貴的東西。傳說出自於妖精之手，只要吹奏就能吸引萬獸跟隨，還能收服人心。」說書人從皮箱中拿出銀笛，展示般的拿在自己手上，「就像這枝笛子。」

孩子們見了銀笛，驚訝的說：「卡萊特哥哥也有跟你一模一樣的東西！」

「他是誰？」說書人好奇的問。

「卡萊特哥哥是城裡的樂師，經常到廣場找我們一起玩，他還會用銀笛演奏曲子給我們聽呢。」

說書人頓時陷入安靜的沉思中，直到男子的笑聲喚回他的思緒，說書人發現，那些孩子不知何時一窩蜂的擁向一個年輕男人面前，孩子們圍在男人身邊跟他談笑，看來是幅協調的溫馨畫面。

男人戴著一頂素淨的紅褐色扁帽，被扁帽服貼壓著的金黃色短髮，在陽光下微微發亮，翹捲的髮尾與向後翻摺的帽簷之間，插了根鮮紅色的羽毛。

羽毛彎曲的程度誇張得像小丑臉上的紅鼻子，這使男人看來有些孩子氣。

「卡萊特哥哥！」男孩們崇拜羨慕的異口同聲道。

女孩們則帶著憧憬的目光看著外貌俊秀，又很得孩子緣的男人。他在這個城市等於一道能驅走白霧的陽光，雖然他也受年輕女性的歡迎，但是女孩們知道，卡萊特還是喜歡跟她們玩。

說書人看著這名年輕男子，他微笑的眼神始終沒從卡萊特身上移開過。

當卡萊特從人群之中發現說書人的存在，他愣了一下，禮貌的向對方點頭致意。

孩子們吵著要年輕樂師吹奏曲子，卡萊特拿孩子們沒辦法，只好拿出銀笛。

說書人退到廣場角落，他挑著眉，心想那的確是美麗的樂器……他對這個男人擁有跟自己同一種樂器感到好奇。

「真好聽！」孩子們拚命的鼓掌叫好。

「哎，你們又弄哭邁爾了嗎？」卡萊特看著男孩，搖搖頭。

孩子們異口同聲的回答，「邁爾編了一個森林女神的故事，我們才不信，如果說是銀髮魔女，我們還會相信呢。」

邁爾鼓起臉頰，氣嘟嘟的說道：「才不是，明明是銀髮女神！」

卡萊特臉上的笑容突然消失，他用鞋尖磨了幾下石地，質問道：「邁爾，是你親眼看到的嗎？」

「是啊。雖然天色很暗，可是我記得她有一頭好長好長的銀髮……」

卡萊特用力握住那枝銀笛，臉上的表情不再和悅，而是深沉的憎恨。

說書人選了一個看得見卡萊特的位置，他發現卡萊特臉上的變化，不自覺地笑了起來。他發現這個人的內心居然也藏了一個故事，真有趣。

「卡萊特哥哥？」孩子們感受到卡萊特內心深沉的情緒，不禁害怕的望著他。

「抱歉，我有事要先走。邁爾，快跟我回去，碧塔媽媽在等我們吃飯呢！」卡萊特匆忙說完，便牽起小男孩的手，兩個人頭也不回地離開廣場。

卡萊特牽著邁爾，一臉沉默的走在街上，儘管小男孩哭哭啼啼，他卻沒心思管教孩子。他的眼神深沉，表情冷漠，任何路人見到他這個模樣，都懂得退而避之。

然而，此時卻有一道男人低沉的聲音在他背後喚著，「先生，可以耽誤你一些時間嗎？」

年輕的樂師轉身過去，發現站在自己面前的男人穿著一套合身的灰白色西裝，潔白的立領上繫著紅色領結，西裝領子別了一枚貓頭鷹羽毛。

見他戴著黑帽與黑手套，提著皮箱，笑容可掬的模樣。卡萊特覺得這個男人的打扮十分高貴而有氣質，他心想自己不曾見過這種人，想必對方不是來問路的。

「你是誰？」卡萊特收起臉上複雜的情緒，試著微笑。

「我是一個專門以說書為業的旅行者，你可以叫我說書人。」

卡萊特質疑地說：「這是你的名字？」

說書人聞言，臉上並無不悅，還很輕描淡寫地說：「身為一個說書人是不需要名字的，所以我捨棄了本名，過著四處流浪的日子。」

卡萊特說：「哦，說書人先生，你把我叫住有什麼事？」

「抱歉，是這樣的。我是外地人，想找餐廳吃些菜填填肚子，可惜現在都休息了。」說書人取下戴著的黑帽，禮貌地向卡萊特點頭致意，「你看歌劇嗎，先生？我幾天前去了有名的喜歌劇院，發現女伶瑪麗安娜的歌喉真不錯，我到現在都還不敢相信她那種纖弱的身體，怎麼唱得出渾厚有力的歌聲。」

卡萊特一句話也不說，眼神中透露出一種「面前的傢伙該不會是搭訕成性的怪人吧」的訊息，當場逗得說書人發笑。

「我可不是你想的那種登徒子。」說書人語氣加重的說：「我猜猜你想說什麼，

『哼，這個男人看起來身世教養都不錯，要不是他的右臉被頭髮遮著，應該是個美青

年吧！』不知道我說的，跟你想的是否一致？」

卡萊特吃驚不已，「你會讀心術？」

男人唇邊優雅的笑聲帶著明顯的嘲弄，「先生，你可別誤會了，我只是想看你那枝銀笛。」

一提到銀笛，卡萊特便惡狠狠地瞪著說書人，「我沒必要答應你這種事吧！」

「真是容易生氣啊……你的情緒好激烈，好像特別容易對一些字眼感到敏感，尤其是魔女。」男人瞇起眼睛，微笑道：「你的臉色很糟，需不需要我說個故事撫慰你的心情呢？」

卡萊特依然心情不佳的大罵道：「如果你只是想說『故事』，那就免了，我沒興趣！」

當卡萊特憤怒的轉身離開，他從背後聽見男人刻意發出的笑聲。

「真可惜，我本來想說個關於帶著銀笛的魔女與人類的故事……不曉得你有沒有興趣知道？」

時間彷彿停在這一刻，對卡萊特來說亦是如此。

他停下腳步，心中思緒混亂的翻覆。當他再次轉身過去，看見說書人咧開嘴對他笑著，那是一種令人從心底發寒的詭異微笑。

「你有什麼企圖？」卡萊特防備的看著他。

說書人瞇著雙眼，紋風不動的站在原地，用冷漠的微笑神情打量著卡萊特。

被一個不算熟識的陌生男人如此瞧著，卡萊特心裡有種不舒服的感覺。不知為何，他見說書人那鄙視的笑容便非常厭惡，可是雖然他很討厭說書人，卻無法否認自己被魔女的故事打動了心，就連眼神深處也沒了原先的排斥。

說書人看出了這點，立即見縫插針地向卡萊特提議說道：「這樣吧，你若能招待我一頓餐點，我可為你講講從黑森林出現的魔女，以及妖精打造銀笛的故事，你意下如何。」

相互凝視的兩人沉默不語，彷彿都在猜測對方的動機。

「行，我叫卡萊特。」卡萊特瞪著說書人，妥協地壓下嘴邊的怒罵，語氣僵硬地說：「雖然我家裡沒什麼東西招待你這個貴客，不過麥片粥和麵包倒有一些……跟我來吧。」他一說完，馬上牽著邁爾走人。

說書人微笑地跟上卡萊特邁開的步伐。

卡萊特回到家，他先讓孩子進去屋裡，接著搬來一張椅子請說書人坐下來休息。

隨後，他朝屋裡扯開喉嚨喊道：「碧塔，我回來了，麻煩妳弄點粥跟麵包吧！我們有客人！」

「先生，你若再給我一杯熱咖啡，想必你將更懂得如何取悅客人的心，即使你家窮到沒錢招待客人佳餚與美酒，仍能使人有賓至如歸的感覺。」

說書人彬彬有禮的禮貌笑容，卻換來卡萊特一臉的不高興。

年輕而沉不住氣的樂師恨得咬牙切齒，勉強鎮靜後才朝屋裡吼：「喂，再隨便來

一杯什麼咖啡給我！」

這時一個女人掀開屋裡的門簾，滿臉困惑的走到客廳，問道：「你做什麼吼來吼去的？呃，家裡有客人？這位是……」

卡萊特因為過於憤怒，還未能向她說明情況。不料說書人已經起身走向碧塔，他微微傾身，動作輕柔地執起女人沾滿油汙的手，目光專注的盯著她不放。

「妳好，親愛的女士，在下前來叨擾，只想求得一餐。」說書人的喉嚨深處低沉地迸出一道魅惑的嗓音，還對她眨了幾下眼睛，「勞煩妳了，我很期待享用妳特製的美食。」

碧塔被說書人深深注視，讓她除了驚訝，臉色還不自覺的發紅。

「你做什麼？」卡萊特見狀，立即擋在碧塔身前，低聲對她耳語道：「別在這裡，快去弄點吃的，我有事要單獨跟他談談……邁爾交給妳了。」

再笨的人，都能從卡萊特不耐煩的神情看出一些端倪。碧塔不笨，當然識趣的照辦，急急的轉身走進門簾裡。

「她是我的朋友，也是生過一個小孩的母親，你少做這麼不檢點的事。」卡萊特沉聲道，接著指向方桌，「請坐這裡，然後快把故事告訴我。」

「不檢點？」說書人坐了下來，然後模仿卡萊特的口氣複誦他說過的話，臉上掛著輕浮的微笑，「跟初次見面的人握手打招呼，這可是禮節。」

「我說的是你的眼神，把你那套上流社會的習慣收回去！我最討厭像你們這種衣裝高尚，骨子裡卻是個禽獸的貴族！」卡萊特瞪大眼睛，眉毛緊皺成一團，看來滿臉的怒容。

說書人百般無奈的嘆氣，「我什麼都沒有做啊，居然被這樣誤解。」

「好了！你的故事呢？」卡萊特緊抿著嘴，固執地瞪著說書人。

說書人瞧著卡萊特憤怒的神色，察覺到現在不是閒聊的時候，於是咳嗽幾聲，正色地說：「在說故事之前，我想問你跟魔女有什麼關係？為什麼你有如此仇恨的表情？」

「魔女在我小的時候，殘忍地殺害我的家人，我這十年來不斷地想找出魔女的下

落，不管如何，我一定要殺了她為家人雪恨。」

「是嗎？」說書人微微笑著。

沒過多久時間，碧塔送了兩杯熱咖啡到桌上。說書人想去拿杯子，卻被卡萊特握著手不放。

「主人還沒准許用餐，你倒挺自動的嘛！」卡萊特怒道。

說書人皺著眉頭，眼神卻帶著愉悅的笑意，「不讓我嘗嘗咖啡香濃的味道嗎？」

「你先說完故事再喝！」卡萊特震怒地握緊說書人的手，眼睛死瞪著他。

說書人瞄瞄卡萊特，直到他放手後才開始說故事。

「說起魔女，就要提起銀笛。因為兩者有大大的關聯。傳說銀笛是一名妖精工匠所造，他造了兩枝珍貴的銀笛，可以發出清潤無比的音色，更可以吸引萬獸、收服人心、驅逐魔鬼的偽裝……很神奇吧？」

卡萊特兩眼堅定的望著說書人，等他繼續說完故事。

說書人懷疑的看著他，「你不想知道銀笛的祕密嗎？」

「哼，我向來不相信那些童話故事，我要知道的事情就只有一樣！」

「這是傳說，絕非編來騙小孩子睡覺用的。」說書人打開皮箱，取出銀笛交由卡萊特過目。

卡萊特始終緘默不言，也不想拿說書人手上的銀笛。

「好吧，你對漂亮的東西沒興趣，那我只好繼續說下去了。」

說書人將銀笛收了回去，喝了一口咖啡便說起故事，「在很久以前，魔女收藏了一枝美麗的銀笛，那是她以玫瑰上的千年朝露跟妖精交換來的。可是人類把銀笛偷走，親手破壞與魔女締結的和平條約。為此，人類自己本身遭到悽慘的下場，不僅居住的家園被大火燒得精光，親人也落得非死即傷的命運……」

「魔女發瘋似的尋找銀笛，她的雙手留下人類的鮮血與哀號。魔女最後將森林封閉起來，同時詛咒大地與萬獸，那片翠綠的森林隨即變成一片深黑色。」

「銀髮魔女向這片大地立下血誓，若有人類膽敢再闖進森林，她將不惜一切代價殺了他們，以報這長年以來的冤仇。」

「故事說完了。」說書人搖了搖杯子，將咖啡一飲而盡，「雖然不是頂級的咖啡，味道卻挺不錯的。」

卡萊特無心去管說書人挑三揀四的評論。幼時悲慘的記憶在他心裡迴盪不去，他握緊顫抖的雙手，忍不住一再回想那個毀掉他幸福的血之魔女。

悲劇發生在十年前的一個月圓之夜，父母把尚為稚兒的他趕進地窖，再三吩咐地要他保管好銀笛，絕對不可以把銀笛交給任何人。

小小的卡萊特為了遵守與父親的約定，他帶著銀笛，害怕地躲在地窖，可是他不知道這枝笛子居然改變了他的人生……當他隔著蓋住地窖的木板，聽見一聲淒厲的尖叫之後，隨之響起的是父母親的哀號。

在男人與女人拚命求饒，卻還是被殘忍殺掉的叫聲之間，彷彿有女人大笑的聲音。一堆讓卡萊特叫不出名字的熟悉聲音彼此推擠著，但是卻比不過那道尖銳無比的女人笑聲。

所有聲音顫抖的消失後，卡萊特冒著冷汗的偷偷推開地窖木板，他害怕得只敢打開一條縫隙，看見披著一頭銀髮的魔女站在月光之下。

她高仰著臉，雙手與身上那件黑紫色的裙子沾著人們的鮮血，她不斷狂笑，不斷將詛咒與怒罵拋向地上的屍體。

魔女的笑聲縈繞在當時只有十歲的小男孩耳邊。他永遠忘不了魔女是如何殺害他的家人，更使他相信，自己活著的目的就是復仇。

看著卡萊特一臉的憤恨神情，說書人便插嘴道：「你那麼在意，何不探究真相？還是你也被魔女迷惑，想見見她絕美的容貌？」

卡萊特氣急的拍桌怒喝，臉頰漲紅的瞪著說書人，「鬼話連篇！我不相信你，也不相信你的故事！」

說書人知道卡萊特不信任他，但他不急著澄清對方的疑慮，反而在一旁觀察著卡萊特，頗不以為然地笑道：「既然你拒絕相信我的故事，又為何如此憤怒？或者，你也覺得我的故事有幾分可信度，跟你記憶中的魔女是一樣的？」

「夠了，你給我滾！」卡萊特指著門口，毫不留情地下了逐客令。

說書人拍拍大腿站起身，如往常一樣習慣先戴上黑帽，再拿起皮箱。他在離開之前回頭看著卡萊特，微笑地說：「要是你想知道這個故事的後續，就到廣場來找我吧，什麼時候都無所謂……祝你好運，卡萊特先生。」

卡萊特因情緒激動而不斷喘氣，他恨恨地瞪著門口，儘管穿著西裝的男子已經消失了一段時間。

碧塔端著盤子走到客廳，擔心的看著卡萊特，「客人呢？不是要吃東西嗎？」

「他走了！」

見卡萊特氣呼呼的，碧塔只好嘆氣地說：「那個人跟你說了什麼，讓你氣成這副德性？卡萊特，你還不肯忘掉小時候的事嗎？我們一起長大，父母皆慘死在魔女手下，我比誰都瞭解你心裡的苦。」

「你的人生不能只有復仇，想想你的工作吧！欣賞你音樂才能的莫德森先生要帶你到皇帝行館，你若能在新即位的皇帝陛下面前演奏曲子，搞不好能進宮當樂師，發揮你的才能！」

「碧塔……」卡萊特重重的吸口氣，便將視線從門口移到好友臉上。

互視的兩人陷入微妙的沉重氣氛，找不到可以帶開的話題。

「唉！我懂你的，卡萊特。」這位堅強的女人露出開朗的笑容，「你不要再苦惱了，我知道你不是一般的苦惱，事實上，你介意得不得了。」

卡萊特點頭的說：「我不知道該不該相信這個故事，可是那個人的聲音就像帶有強烈暗示的魔力，他的聲音在我心裡一遍遍的說著要我相信他……彷彿為我指引全新的方向。不知何故，我好害怕這種感覺。」

碧塔低頭嘆氣，「又來了！知道嗎？你有常人無法想像的準確預感，就像老人家對夢迷信，他們認為做夢都是因為有可怕的魔鬼來摻和的關係。」

「那不是夢！」卡萊特高仰著臉，固執地說道：「那是發生在我面前的悲劇。」

卡萊特知道自己會相信說書人的故事，是因為連他自己都想要相信那個故事……

他無法說出那種感覺是憎恨或恐懼，但是他相信，他會再跟說書人見面的。

魔女的紡紗歌 第二章

Zweiter Aufzug : Silber Am Spinnrad

說書人離開卡萊特位於街角的家，再次走到城裡的廣場。

他張望四周，發現原先聚在那裡的孩子們都不見了，只剩下來往經過的市民，還有幾個站在廣場角落的老人家。那些人看起來不是正忙著做自己的事，就是忙著趕路，必然對聽故事不感興趣。

說書人拿出放在西裝暗袋的錢包，掂了一下重量。他俊秀的臉龐隨即浮起皺眉的神情，原本的好心情也沉了下去。

雖然他說故事並不以賺錢為目的，但是沒錢，不要說飽食一頓，連落腳處都成問題……在他想辦法引出「那傢伙」之前，還是先賺點錢吧。

然而，廣場上行人匆匆，令說書人始終物色不到適合的聽眾人選。他站在廣場一角，以略顯憂鬱的神情注視著街景，他不由得伸出戴著黑手套的手，壓著黑帽，輕輕嘆了一口氣。

「罷了，看來現在不是做生意的時候。我得在這裡等那個樂師上門，不如做些打發時間的消遣。」

說書人走向水池，選了一張長椅坐下。以緩慢柔和的聲調，朗讀著一段像詩又像小說的句子。

「以前的過去，不等於現在的未來。因為我們認知的過去，將會產生變化。唯獨過去不再有未來的時候，過去才會真正地迎向終結的命運。」

幾個路經廣場的女子聽到說書人好聽的唸詩聲，紛紛注意到他的存在。因為說書人的外表好看，因此她們也大為動心的注視著他。

說書人發覺自己被數道充滿愛慕的目光包圍，他立即做出回應的點頭微笑，「那邊幾位高貴的小姐，想聽我說故事嗎？只要付出一點代價，就可以更靠近我……如何，要跟我來個交易嗎？」

幾個女子看見說書人迷惑眾生的笑容，幾乎害羞得不能自已，便在說書人的邀請下，付了錢，緊張又期待的坐在他身邊，想跟他說說話。

「小姐們，感謝妳們讓我今晚不必挨餓受凍，我說個森林魔女的故事好嗎？」

聽了說書人的提議，女子們便道：「先生，你不該說這個故事。因為魔女在這個國家是個禁忌話題，新即位的皇帝聽從弄臣的勸說，認為魔女與新興的宗教都是異端者的存在，進而大肆獵捕與魔女有關係的人士。如果你堅持要講下去，或許士兵會把你帶去審判所，那樣我們就再也見不到你了。」

說書人問道：「弄臣？」

「是啊！我在宮廷當差的父親說，弄臣是宮廷裡專門取悅皇帝的一個臣子。那位弄臣過去沒沒無聞，卻在一夕之間當上皇帝的寵臣，不管他說什麼，皇帝都相信他。」

「因為科米希過去曾有魔女出現，於是有很多人被抓去審判，莫名其妙的因為魔女而入獄，甚至倒楣的丟了性命！」

「原來如此。」說書人聽完女子的述說，不禁認為有這樣能力的人，只有那傢伙，而那傢伙還留在這裡，不曾離開過。

「他」為何要藏匿在這座歌劇城市，到底有何理由？

「他」在此埋伏窺探，好像捕鳥的人，埋下心機，設立陷害人的圈套……難道這裡有什麼珍貴稀奇的東西吸引「他」留下來？

說書人心裡反覆尋思，當他接觸到女子們的目光，便微笑地說：「妳們知道嗎？這座城市原來是一座由人類與魔女共同守護的森林，雙方締結和平條約，彼此互不相犯。當人類偷走銀笛，雙方祈求的和平開始分裂，造成了無數的悲劇。人類見魔女沒有魔力，便百般欺凌。一旦見魔女有了力量，便把所有罪過推向她們……妳們說，這是不是很諷刺？」

女子聽見說書人刻意大聲說話，紛紛嚇得臉色蒼白，「你不該說這個故事，待會你就要為自己魯莽的行為感到後悔！我們走吧，萬一受他連累就糟了！」

說書人眼底映出女子們匆匆離去的身影，他始終平直的眉一挑，露出了滿意的微笑。

說書人在廣場向來往的市民兜售故事，忽然被迎面而來的士兵團團圍住。

他不躲不逃，也不收拾皮箱走人，只是一臉笑笑的站在原地。面對三個身材像熊一樣強壯的男人，他沒有一絲反抗的意味，彷彿在等這些士兵出現。

「你居然敢在廣場大肆宣揚森林有魔女的事？你難道不曉得，跟魔女沾上關係就是死罪？」

說書人見士兵一臉兇相，於是露出招牌的溫柔微笑道：「先生，何必對說給小孩聽的故事大驚小怪？或者我也為你們說個故事，好滿足你們孩提時代未能聽足故事的

遺憾？」

一個士兵露出好奇的神情，「好像不錯耶，叫他講幾個故事來聽聽？」

士兵的同伴口氣不好的吼道：「喂，我們可不是來聽他說故事的！大人在等我們覆命，動作要快一點！」

說書人提著皮箱，站在原地沉默不語。他正專注地看著廣場上那些見到士兵橫行，隨即做鳥獸散的市民，人們的眼中藏著恐懼，好像見到什麼鬼怪似的。

說書人觀察這幅景象，他不自覺挑眉，露出了冷笑。

「諸位大人，請聽我一言。我聽說士兵代表皇室，是捍衛正義的一方。但是城裡的人卻很怕你們，甚至看到你們就想躲閃過去……雖然我做了犯法的事，可在我眼前的你們，才更像壞人呢。」

士兵才不管說書人講了多少大道理，他們惡狠狠地拿起長矛，作勢要刺他的威脅道：「我們季默大人要見你，最好不要抵抗，跟我們走！」

「既然你們堅持，在下只好跟各位大人走這一趟，順便見識一下皇室的威權。」

說書人微微勾起嘴角，似是苦笑。但他的眼中有更多迫不及待的光芒，彷彿對士兵口中的季默大人很有興趣。

就這樣，說書人被士兵帶到華美的行館大廳。說「帶」可能不太貼切當時的情況，因為他是被「拖」進那間房子的。

他們走進大廳，看見一個修長的黑色背影正在欣賞大廳角落的雕像。

「季默大人，我們遵照您的命令，把在廣場妖言惑眾的男子抓來了。」一個士兵報告道。

說書人打量著黑色背影，心裡覺得困惑。

「放開他。」

一道男人的大笑聲打破當下的氣氛。被眾人注視的黑色背影轉身，露出從容不迫的笑容。

那個男人有一張好看的臉，一頭漂亮的金色捲髮。細長的髮絲如瀑布般洩下，他一身朝服黑得發亮，衣服下襬繫著數顆白球，隨著搖擺的步姿微微輕晃，相當的惹人

注目。

對於面前這個打扮怪裡怪氣的男人，說書人不行禮，只是沉默地注視對方。

「大膽！居然還不下跪！」士兵大喝。

「無妨，你們退下吧。」季默揮手，斥退了士兵。

「季默？」說書人冷笑的看著男人，眼裡摻和著諷刺的神色，「我想也是。會在宮廷之中打扮得如此可笑，只有專門取悅皇帝與戲弄貴族的弄臣……沒想到這種低俗的穿衣品味，還滿適合你的。」

季默愉悅地走向說書人，冷不防地揪住他的西裝領子，將惡狠狠的目光砸進說書人黯淡的眼眸。

「說話給我符合一點你那低賤的身分。」

季默一頭蓬鬆的鬈髮相當油亮，髮絲散亂地垂在兩肩誇張的金色肩飾上，這樣的他有種陰柔、令人不寒而慄的氣息。在他的笑臉之下，彷彿藏著更多壞心眼。

說書人看著他輕佻的眼神，冷冷問道：「你是誰？」

季默皺眉的放聲大笑，說話口氣隨即變得惡劣，「哼，人人都知道我是皇帝身邊的寵臣，被我得罪過的貴族亦不在少數。就算有人想報復我也不見得能成功，說不定還會反過來被我整得雞毛鴨血。你一個小小的說書人，居然敢用這麼高傲的口氣跟我說話？」

說書人從季默手中抽回衣領，凌厲的眼神似乎看透了他的底細，「你究竟想做什麼？這種惡劣的嗜好依舊沒改！季默先生？」

季默看著說書人，豐潤的嘴唇勾勒出一道冷冽笑意，「你很聰明嘛，我如果真的想做什麼，你早就因為跟魔女有所牽連而入獄！但是，我不要這麼做。當初我沒有殺你，現在也不會取你小命。」

「真正的季默在哪裡？」說書人看著他許久，迸出一句與本題無關的話。

季默得意的放聲大笑，「你為何覺得我不是季默？或者我的暗示被你識破了？」

「你這麼想洩露你差勁的偽裝，我也沒辦法。」說書人說。

「人的身分不過是個空殼子，我是不是真的季默一點也不重要，你覺得呢？」

說書人盯著季默，露出一個好看的迷人笑容，「要不是這幢行館還有別人在，我一定會痛快的把你給宰了。」

季默一臉愉悅的迎向說書人毒辣的目光，他走到對方身後，用雙手搭著說書人的肩膀，薄唇附在對方耳邊低語道：「這麼捨得把我殺了？看你苦追我這麼久，也該好好誇獎你，畢竟你的毅力讓我覺得非常開心！」

說書人聽了季默讚美的話語，沉靜的眸子隨即燃起一道冷鬱的怒火，「有朝一日，我必定將銀子彈貫穿你的心臟，讓你吶喊著苦痛而亡！」

季默喉間震動著一股慵懶的笑聲，他瞇著眼睛，輕柔地將低語聲送進說書人耳邊，「好啊，你來殺我吧。用最令人痛苦的方法折磨我至死……好嗎？」

說書人受不了那聲猶如魔鬼誘惑的呢喃，便用手肘撞開季默，沉著臉色看他。

季默微笑道：「我想你不是那種以報仇為優先的傻子吧？我抓你來確實是個藉口，因為我要你跟我玩個遊戲。」

說書人望著季默冰冷的紅色眼眸，在沉默中與他交換一個目光。

「遊戲？」

「你這麼愛說故事，就用你那個魔女故事當開頭如何？這座城市曾經出現魔女，聽說還發生了一場傷亡慘重的火災……我想，一定有人對那魔女恨之入骨！」

季默眼中一閃而過的笑意，讓說書人覺得刺眼。

「你想怎樣？」

「我想知道人類的仇恨是否具有時效性，你怎麼說？」

說書人瞪著季默，道：「那是不可能的事，人類仇恨的感情是很可怕的。我見過一個樂師，他非常憎恨殺他全家的魔女，想必他心中的仇恨永無休止的一天！」

「有趣。你認為人一旦有了恨，即使他愛上那個他所恨的人，也不能夠將這份仇恨消去？」

說書人從季默的笑容察覺到一個殘酷的玩笑，立刻說道：「如果我是那人，一定毫不留情的殺了我恨的人，例如你。」

「想殺我？有趣，如果你贏了，我保證讓你殺到爽為止。若你輸了，你知道我要

什麼嗎？」

說書人緊閉著嘴，沒有回答。

季默用陰森的眼神盯著說書人的臉，不僅溜過對方的紅色領結，還順勢滑下胸口。他微微彎著嘴唇，就像極盡挑逗能事的娼妓般，使媚的勾引面前的男人。

「夠了！」

說書人沒有耐心的轉過身，顯然討厭季默的每一句話……或是眼神。

「好，我就答應你玩這個無聊的遊戲。要是我讓那個男人殺了他憎恨的魔女，你就準備站著，讓我把你的身體轟成蜂窩！」

「我等著。」

目送灰髮男子的離去，季默只是冷笑，彷彿早有萬全計劃。

卡萊特的雇主，也是一位有名商人的莫德森先生，帶他到皇帝的新行館。為了慶祝皇帝歐羅夫斯基陛下即位，城裡特別選出幾個樂師為皇帝演奏樂曲，卡萊特也是其中之一。

他們到了位於城市中心的行館，這是一幢全新落成的莊園建築，整體來說非常豪華宏偉，行館外觀像鑲金似的閃閃發光，惹來不少市民的注意。

這時，卡萊特看見不少穿著華服的顯貴與低階級的市民推著一車車的黃金珠寶和各式新奇的玩意，整齊劃一地排在大門口等候唱名。

「那些人是幹啥的？」卡萊特困惑地問。

「噓，小聲一點！他們特地來送禮物給皇帝陛下，希望陛下在開心之餘，也能對他們有極好的印象。」

莫德森先生拉著卡萊特，半推半拉的把他帶去行館偏門，跟幾個守衛打過招呼後，兩人走了進去。

卡萊特望著正在分錢的兩個守衛，於是反感的皺眉問道：「我們也是來祝賀皇帝

的啊，為什麼要送守衛錢才能進這小不拉嘰的門？」

莫德森先生緊張地瞪了卡萊特一眼，低聲對他耳語道：「來這裡之前，我再三叮嚀你不要這樣說話，尤其在陛下面前更要小心謹慎！那位皇帝陛下在登基之前就以酷愛替犯人斬首的行徑聞名全國，你一不留意，小命準沒有！」

卡萊特做了一個吐舌的鬼臉，「他真的有那麼厲害？」

「那是當然！聽說皇帝陛下最近的娛樂是狩獵魔女，任何跟魔女有關的人都難逃斬首之刑。」年老的莫德森先生說：「你進到行館大廳，一句話都別說，乖乖演奏你的音樂就好。」

「不是說還有其他樂師嗎？那些人呢？」

「他們還站在太陽底下，等著行館官員的召見呢！」莫德森先生嘆道：「見皇帝陛下沒有那麼容易，不花錢買通官員，就沒辦法把你帶進來。唉，我這麼做無非是賭上你的演奏天分，希望陛下聽了音樂後召你進宮當宮廷樂師……卡萊特，你要加油！」

卡萊特見雇主這麼提拔他，只好失笑的點頭答應。

兩人進到行館，立刻聽從士兵指示，在一群有地位身分的人士面前跪了下去。過沒多久，也有一群樂師、商人、顯貴等人走進大廳，謙卑地跪在卡萊特身邊。

卡萊特偷偷抬頭觀察眼前的光景，發現有個戴著黑色軍帽的男人，正往自己的方向看了過來。

男人長得相當高大，穿著一身黑與金色相間的軍服，他撥開繫在肩上的黑色披風，並與空氣摩擦出凌厲刺耳的聲響。男人隨即坐在木製的象牙王座，帽簷下那對茶色眼睛散發著一種端正的氣勢。

這麼年輕又與他年紀相近的男人，居然是一國的皇帝？卡萊特皺了皺眉，顯然心裡有些質疑。

歐羅夫斯基察覺到卡萊特大膽的目光，不禁輕皺眉頭，發出咳嗽的聲音。

皇帝身邊的守衛察覺到異狀，便用手中的棍杖輕敲地面，放聲大喝道：「誰准許你抬頭起來？」

莫德森先生一驚，連忙在卡萊特耳邊低聲責備道：「你不要命了！直視陛下尊容是大不敬的行為！快跪下請罪！」

卡萊特逞強的跪在地上，他既不卑躬屈膝，也不願向男人開口求饒。於是他那副傲慢的模樣，很快成為行館內眾人一致注意的目標。

「大膽！」

皇帝惱怒地拍著桌子，指著卡萊特狠狠罵道：「不管誰見了本王，都是一副低聲下氣的模樣，只有你竟敢蠻不在乎的仰頭看人！難道你想被砍頭不成？」

卡萊特聞言，語氣生硬的回答道：「既然陛下如此重視門面功夫，草民低頭便是。」

就在歐羅夫斯基聽了這句話後，更加怒不可遏的當下，一道尖銳的男人笑聲放肆

地傳進大廳。

「吾皇，何必跟沒見過世面的毛頭小子動氣？這種卑賤的雜草，由他自生自滅算了。」

聽見大廳傳來一道慵懶魅惑的聲嗓，其中夾雜鄙夷的笑聲，卡萊特不滿的轉身過去，只見一個穿著黑色朝服的男人大搖大擺的走向歐羅夫斯基，把手放在他的肩頭。

卡萊特低聲問著雇主，「那個穿得跟小丑沒兩樣的傢伙是誰？說話還真刻薄。」

「你不知道嗎？他是陛下身邊的弄臣季默，是當今宮廷的紅人。」一個顯貴低聲地說。

名喚季默的男人眼神相當強勢，他盯著跪在地上的樂師，以及前來進貢的顯貴與市民。他輕輕勾起嘴角，好像面前發生了相當可笑的事情。

「吾皇，您何必在乎這些人呢？不如我們先找點樂子……把眼前的禮物拆開一些，期待裡面裝了什麼玩意，您覺得好不好？」

聽見季默那番語氣恭敬的祈使句，歐羅夫斯基沒耐心的揮手，「你替我作主就

好。」

「遵旨。」

季默將雙手合於胸前，向皇帝行完禮之後，喚來一位衣著華麗的商人，挑眉問道：「喂，你獻給陛下的禮物在哪裡？把它交來，讓我好好瞧一瞧。」

商人從送來的禮物堆中，迅速地挑了幾個滿意的品項。他很快地拆除漂亮無用的包裝，將一個小巧的音樂盒呈給季默鑑賞。

「大人，這是草民精挑細選，要獻給您的蛋雕音樂盒！獻給陛下的則是大廳角落的那座雕像！不過，音樂盒與雕像之間有一個共通的特徵，請您慢慢欣賞。」

「喔？我也有禮物？」

季默將皇室馬車造型的音樂盒放在手中賞玩，神情愉悅。

作為主題的粉色蛋雕是一個車廂的形狀，整體色調以紅色與暗金色架構而成。最頂部鑲著金色十字與皇冠，蛋雕兩旁則各有一道可供打開的門，上頭有小巧的金色門飾與玫瑰，刻工精細，樣式雅緻唯美。

「這東西真漂亮，用什麼蛋刻的？」季默問。

商人卑微的點頭，解說道：「大人，這個音樂盒是用鵝蛋純手工雕琢而成，融合細膩的蛋雕作品與音樂盒樂曲，讓草民相信這是最適合大人的禮物！蛋上的小門是活動式的，您可以把它打開試試，裡面的景象會讓您大吃一驚喔！」

季默聞言，禁不住好奇心的躍躍欲試。他打開蛋雕的門，發現內部竟是一座斷頭天使的塑像，他愣了愣，微笑的看著商人問道：「你替我解說一下作品的意境，如何？」

「大人，這是一個斷頭天使，也有人管它叫折翼天使。傳說中每個天使都住在天堂，唯獨一個天使不認同天堂的真理，於是自毀羽翼與上帝作對。這個墜落地獄的天使雖然嚮往天堂，卻又無法回到那裡，所以我們把它當成一種藝術！」

「照你這麼看，你覺得住在地獄的天使，又該怎麼稱呼？」

商人苦思了一會，表情緊張地說：「如果不是天使……該不會是魔鬼吧？」

季默抿著嘴，眉頭僵硬的抽動了一下。在他血紅色的眼眸中掠過冷酷的笑意，隨

即以一種惡狠狠的神情注視商人，將這平凡人嚇得發顫。

他撥著金髮，聲調愉悅地問：「你做這魔鬼像，是特地送來諷刺我跟陛下嗎？」

「大人，您誤會啦！這是一個傳說，不是真的！」

「哼，看你說得頭頭是道，擺明有不當動機。魔鬼是邪惡的存在，豈不是暗示陛下非常邪惡？簡直是褻瀆！士兵，把人拖下去，判他斬首之刑！」

季默手一揮，神情殘酷地轉身過去。

大廳之中響起商人驚慌的求饒聲，但是兩個士兵依舊蠻橫不留情的將他拖走。

所有人見識到弄臣的權勢，完全不敢輕舉妄動。

「季默，只是一座雕像，你也太小題大作了吧。」歐羅夫斯基道。

「吾皇是國家最神聖的存在，醜陋的魔鬼怎可與您相配？」

季默微笑，「這些禮物也沒有拆的必要了，現在……我們來換換口味，找這些樂師聊天吧。」

眾樂師驚慌得不斷顫抖，他們害怕的樣子就像縮頭的鵪鶉。

卡萊特握緊雙拳，一副忿恨的模樣，在他見識皇帝與弄臣草菅人命的經過，再也忍受不住的瞪著王座上的男人。

季默將一根弓起的手指放在唇邊，神情興奮的笑著解釋，「呵呵，雖然美其名是聊天，但可不是跟你們坐下來喝茶談心。你們最好祈禱自己不要說錯話，以免落得被砍頭的命運喔！」

「夠了，用不著費力解釋吧？」歐羅夫斯基斥責道。然後他轉換視線的方向，盯著卡萊特沉聲地說：「那個毫不尊敬我的樂師，給我過來。」

「陛下，恕我失禮。」卡萊特從地上站起，嚴厲的目光射向被尊為皇帝的歐羅夫斯基。

「真有膽量，你不曉得我是誰嗎？」

「我知道，也聽說過。您酷愛斬首遊戲，是一點慈悲心腸都沒有的皇帝陛下。」

全場所有人發出恐懼的抽氣聲，歐羅夫斯基怒喝道：「大膽，你不怕我判你死罪嗎！」

莫德森先生慌忙拉著卡萊特跪在地上，不料兩人拉拉扯扯，使得卡萊特懷裡的銀笛不小心摔到地上，最後停在歐羅夫斯基腳邊。

季默看見銀笛閃爍著不尋常的銀光，瞬間神色大變。

歐羅夫斯基彎下腰撿起銀笛，將它放在手心審視，「你的？」

「這枝銀笛是草民的生財工具，不值得陛下費神。」卡萊特仰著臉，從歐羅夫斯基的中意神情，發現對方似乎很喜歡銀笛。

「賠罪的代價就用這個東西支付如何？這枝銀笛漆著純銀的外皮，刻著美麗的花紋。這個藝術品用來演奏……太可惜了，它值得收藏在我的宮殿。」

卡萊特起身對歐羅夫斯基彎腰行禮，歉然道：「我無法答應您的要求，請把銀笛還給我。它是我的家傳之物，不可隨便贈與他人。」

「本王可是皇帝！要是我命令你送給我，你也不願遵從？」歐羅夫斯基瞪著年輕的樂師，恐嚇道。

卡萊特固執地說：「不管陛下多麼想要銀笛，草民絕不會出讓父母留下的遺物。」

「好一個有骨氣的蠢蛋！」季默冷笑了一下，「一個賤民敢違抗吾皇的旨意，你想被殺頭嗎？」

卡萊特沉默不語地凝視皇帝，對於面前的男人擁有什麼地位，他根本不在乎。

大廳正陷入僵持的氛圍，此時傳來一道輕巧的腳步聲，並且走進大廳，以輕柔甜美的聲音引起眾人注意。

「對這位樂師來說，銀笛是他珍貴的寶物。我想陛下不妨拿出比銀笛更珍貴的東西與他交換。」

「什麼人？」季默大聲叫。

說話聲來自於穿著斗篷的不明人士身上。卡萊特看不到那人的臉，他卻從聲音判斷出是個女人。

女子翻開罩帽，謙卑的蹲在地上，懷中抱著一個放滿布匹的竹籃，「大人，得罪了，我乃是前來向皇帝陛下進獻紗布的一介女流。」

卡萊特看向女子，發現從窗外透進大廳的日光照在她身上，讓她看起來非常耀眼。她的外貌跟普通少女不太一樣，既沒有白嫩的皮膚，也沒有明亮的秀髮，但是她有雙清澈的銀眸，令人極為在意。

「把臉抬起來。」歐羅夫斯基用審視的目光看著女子，「明知我的身分，居然敢說這種該死的話！」

女子仰臉看向王座上的男人，她雖以薄紗遮臉，但可見到薄紗底下的深色傷疤。

她沉默不語，眼底卻散發出智慧的光芒，直到歐羅夫斯基吭氣，她才緩緩地說道：「陛下，我聽到大廳有咆哮聲，遠遠看到您用身分對這位樂師施壓，逼他交出心愛的物品。所以我想了一個法子，不知合您心意否？」

「妳是什麼東西！竟敢說話如此不得體？難道妳不知道惹我生氣，說不定腦袋會被砍下來？」歐羅夫斯基勾著嘴角，不懷好意的笑著。

「皇帝陛下文武兼備，您會跟老百姓計較這些事嗎？」女子說：「何況您剛登基，最好別做出不得民心的行為，您雖然高高在上，也要懂得體察民心，才是一個好皇帝。」

女子表面上稱讚歐羅夫斯基，可其實她在責備他呀！

「妳說什麼！」歐羅夫斯基憤怒不已的瞪著女子。

「這只是一則建言，請您三思。」女子的語氣不受皇帝影響，依然平淡。

弄臣看出皇帝的心思，便對他附耳低聲道：「吾皇，現在不宜與這些人爭論，以免落人口實。先放過這兩人，至於他們得罪您的罪名，我們可以慢慢想。」

歐羅夫斯基氣得臉色發青，他將銀笛扔向卡萊特，悻悻然地離開大廳。

季默在離開前，別有用意的注視卡萊特，臉上露出一道無聲的獰笑。

卡萊特接觸到季默惡意的目光，氣憤的扭開頭。他才不在乎得罪這些貴族，反正他絕不會把銀笛交出去的。

「你呀，你真的闖了大禍啦！」

莫德森先生罵了卡萊特幾句，也氣得揮袖離去。

卡萊特撿起銀笛並握緊它，隨即走向為他解圍的那名女子。當兩人目光相會之

時，女子卻不發一語的抱起竹籃離開大廳。

卡萊特看著女子背影，立即追了上去。

「等等！」

女子即使被卡萊特苦苦追趕，依舊沒有停下腳步的意思。直到卡萊特大步一邁，用身體擋在她面前，才令女子暫時不動。

「有事嗎？」她問。

「我追妳追了那麼久，當然有事找妳！」卡萊特喘氣帶笑的說：「謝謝幫忙，妳好像很瞭解那個皇帝？」

「要是你聽過他的傳聞，就不會做出那種魯莽的行為。」女子薄紗下的聲音帶著溫柔的說教口氣。

卡萊特聳肩，「沒辦法，我這個人只會做吃力不討好的事，誰叫我向來個性耿直！」

女子露出無奈的苦笑，「得罪皇帝，居然還這麼理直氣壯？就算你的理不直，氣還是很壯。」

「這話不錯！只要我們理直氣壯，怕他怎的？」卡萊特無所畏懼的說。

卡萊特說話的方式令女子忍不住笑出聲音，彷彿化解了兩人之間的隔閡距離。

「我是卡萊特，請問妳的名字？」

「我叫席爾貝爾。」

卡萊特看著席爾貝爾，心想雖然跟她初次見面，但他卻覺得就算丟了工作，說不定是因禍得福。

當兩人走到廣場，打算在這裡分手時，卡萊特問道：「妳住哪？我不趕時間，可以送妳回家。」

席爾貝爾說：「我住在黑森林的小木屋。」

卡萊特心中響起玻璃破碎的聲音，他警戒的看著席爾貝爾，「黑森林？相傳有魔女出沒的地方？」

「是嗎？我跟奶奶住在森林，住了很長一段時間，從沒聽說過有魔女。」席爾貝

爾的口氣變得有些緊張，她似乎擔心卡萊特不相信自己說的話。

卡萊特聞言，嘆息地說：「有家人真好。」

她看了卡萊特一眼，「你為何要這樣說呢？你的個性開朗，不需要羨慕人，而是別人羨慕你。」

「那是裝出來的。」卡萊特的笑容裡有幾分無奈，「靠微笑來掩飾自己內心痛苦的人生，也值得羨慕嗎？」

席爾貝爾僵在原地，一臉吃驚，「你能告訴我是怎麼回事嗎？」

「妳想聽？」

不，其實他也想說給席爾貝爾聽吧，卡萊特對自己說。

他對席爾貝爾有莫名的熟悉感，就算把祕密告訴她也沒關係，他甚至覺得這主意不錯，但是她會願意聽嗎？

卡萊特暗罵自己過於一廂情願。當他看見席爾貝爾將斗篷帽子翻下，露出飄逸的黑髮，在切齊的黑色瀏海底下，銀澄眼眸的深處散發溫柔的目光。

「我想聽。」她說。

「妳的面紗……」

卡萊特盯著她的臉。不知怎麼，他很在意她的眼睛顏色，如果席爾貝爾沒有那雙銀眼，他會更喜歡她。

「抱歉，我怕臉上的疤痕會嚇到你。」她歉然的低下臉。

卡萊特搖搖頭，嘆了口氣，「我不在乎妳臉上的疤痕，但是我只要看到妳的眼睛，我就會想起一個人。」

席爾貝爾默默的看著他，兩肩似是抖了一下。

不等席爾貝爾接話，卡萊特繼續說道：「妳眼睛的顏色，跟殺我全家的女人一模一樣！那個女人有一頭銀髮，一雙銀亮的眼睛，她在月圓之夜出現在這座城市，為了自己的私慾而奪走我的幸福！」

「你恨她嗎？」席爾貝爾聽著，淡淡問道。

「我當然恨她！我從小時候開始就對這枝銀笛發誓，我一定要找到殺我全家的魔

女，並且殺了她！」

席爾貝爾看著因仇恨而扭曲表情的卡萊特，就像見到某種不可思議的事情。當她選擇以自己的方式瞭解卡萊特的內心，臉頰便滑過兩行清澈的淚水，沾濕了面紗。

卡萊特承認他過於激動了，他試著讓感覺別太尷尬，特別是他把內心的痛苦毫無遺漏的說給認識沒多久的人聽，這真的很怪。

「真可憐！」

席爾貝爾深深的吸氣。在感情的驅動下，她只能以流淚來證明自己內心的激動。

「怎麼哭了？沙子跑到眼睛裡面了嗎？」卡萊特問。

她將淚水擦乾後，說道：「你很可憐，你居然捨得把追求幸福的時間拿來憎恨別人，卡萊特，你知道你的雙親不希望你用仇恨作為精神的糧食……」

「我不想聽妳說教。」

卡萊特對上席爾貝爾的目光，便馬上明白她的想法。

「對不起，我只會說教，很遺憾幫不上你的忙。」她難過的轉身離去，卡萊特伸手想叫住席爾貝爾，卻從她身上接過一樣不可思議的東西，並且微微發出銀光，那是一根銀色的頭髮。

卡萊特望著手心，獨自陷進自己的思緒。

第三章 魔女的紡紗歌

Zweiter Aufzug : Silber Am Spinnrad

儘管卡萊特對席爾貝爾的事如此掛心，甚至想追到她在黑森林的家，見她一面，把事情問清楚。然而他卻下意識壓抑住那種感覺，當他腦海不斷湧上她掉眼淚的模樣，卡萊特心裡沒由來泛起一陣煩躁與不安。

她為什麼哭呢？她看起來不像感情豐富的那一類人，卻為他激動落淚。

這個發現使卡萊特思緒一片混亂，即使他想再跟席爾貝爾說話，可在那之前，他得先把另一個女人的事給解決了再說。

「喂，什麼叫做『搞砸了』？」

在科米希廣場西邊的方向，一間座落於街角的獨棟尖塔式的屋子，響起女人的責備聲。這時屋外吹過一陣風，將掛在門外的牛奶瓶招牌吹得不斷晃動。

卡萊特與邁爾坐在餐桌旁邊，正在專心吃飯。不知是碧塔燒的菜特別好吃，還是他們太餓，這兩個大小男人只顧著進食，完全不回答碧塔的問題。

「卡萊特！」碧塔端著咖啡，語帶威脅的看向好友，「如果你不告訴我關於工作的下落，那你就休想喝到這杯熱騰騰的咖啡了！」

卡萊特放下食器，尷尬的乾笑道：「有什麼好說的嘛……我當不成宮廷樂師，就這樣。」

碧塔愣了一下，「什麼就這樣？你是不是又說了不該說的話，結果丟了工作？」

「妳還真瞭解我。」他從好友手上接過咖啡，滿足的喝了一大口。

「喔！我就知道是這麼回事！卡萊特，你這個人呀……」

卡萊特見碧塔發火的樣子，急忙道：「好了，我今天會去找新的工作，順便帶邁爾去廣場散步，妳不要再數落我了。」

碧塔依舊氣呼呼的瞪著他，「你已經二十好幾了，這樣一事無成怎麼行？不管怎麼說，你都得快去找份工作做，知道嗎？」

「是，知道了。」卡萊特隨口回了一句，便從牆上拿起帽子，帶著邁爾朝廣場出發。

到了廣場，卡萊特讓邁爾去找同伴玩遊戲，而他自己則四處張望，想從眼前的人群中找尋他熟悉的那個黑髮女子。但無論他怎麼找，都沒見到她，心中不禁升起一股寂寞的感覺。

唉，她不在這裡，究竟會去哪裡呢？他是不是要去皇帝行館才見得到席爾貝爾？卡萊特苦笑著搖頭。他也真是的，怎麼會如此在意一個人呢？他們雖然認識不到幾天，但是她給他的深刻印象，卻遠遠超過卡萊特的想像，彷彿他們兩個已經認識很久了。

「真好笑，我到底在期待什麼？該去莫德森先生那裡工作了，我得振作起來不可。」

就在卡萊特打算離開廣場的時候，他聽見一道女子柔和的勸告聲。卡萊特回頭一望，當那女子的身影烙在他眼底，他不禁拋開原先的念頭，奮不顧身的奔了過去。

「先生，那些是我要交給別人的布匹，請還給我。」

兩個穿著華麗的青年圍在席爾貝爾身邊，似乎正在調戲她。其中一人還拿走她的竹籃，談笑間充滿惡意的捉弄。

「小姐，妳長得很漂亮，可惜臉上有難看的疤！這樣好了，妳陪我們去喝酒，別做這粗重的工作了！」青年說著，便要去拉席爾貝爾的手。

正在這時，兩個青年被人從背後狠狠踹在地上，跌倒的樣子十分狼狽。

「你是誰！」

卡萊特走向青年，神情憤怒地瞪著他們，「好大膽子，光天化日之下調戲良家婦女，是不是要我給你們好看啊？」

青年們不甘心的上前，作勢掄拳揍人，卻被卡萊特躲閃過去，還反被揍了幾下。

「好了，別打了！」席爾貝爾拉住卡萊特的衣服，及時制止他。

兩個青年見廣場上圍觀的人越來越多，只好恨恨地將竹籃丟在地上，倉皇離去。

卡萊特將放有布匹的竹籃交還給席爾貝爾，他看著她，說：「我不是為妳才出手的，只是看那些貴族不順眼，想找揍他們的理由罷了。」

席爾貝爾搖頭，嘆道：「你為什麼總是這樣呢？不管如何，我都很感謝你特地丟下工作趕來幫我……卡萊特，我還以為你不會再來找我了。」

卡萊特沉默不語，也許他曾試著找其他話題，卻又閉上嘴不說了。

這時一道童聲撲向卡萊特，打斷了兩人的談話。

「邁爾，是你啊。」卡萊特轉身，將身後調皮的孩子抱了起來，卻看見邁爾指著席爾貝爾的臉，大聲叫著。

「啊！姐姐，住在森林的銀髮女神姐姐！」

卡萊特與席爾貝爾互望著，彼此臉上都顯現一道錯愕的神色。

「邁爾，沒禮貌，不要亂喊。」

聞言，邁爾委屈的說道：「卡萊特哥哥，我那天在森林迷路，就是這個姐姐帶我出去的啊！」

「這個姐姐的頭髮是黑色，不是銀色，你認錯人了。」卡萊特說。

席爾貝爾趁卡萊特驚異的目光還未對上她，隨即澄清地說：「哦，我曉得你們在說什麼了，是關於森林魔女的事吧？聽說有個男子在此地宣揚故事，結果被士兵抓走了，大家都在談論。」

卡萊特放下邁爾，目光冷峻地看著她，「不，這件事是真的，因為我見過魔女。」

席爾貝爾接觸到卡萊特的眼神，她那對明亮的銀眸變得黯淡。

邁爾受不了這麼安靜的氣氛，便指著席爾貝爾說道：「這個姐姐真的很像森林女神嘛！只有髮色跟那天晚上不一樣，她長得這麼漂亮，我才不會認錯呢！」

「你們誤會了，這座森林裡沒有魔女，只有我與奶奶與世無爭的住在裡面，請相信我。」

卡萊特對席爾貝爾慌張的神情感到可疑，但他知道自己不願將她與魔女劃上等號，便以眼神阻止她繼續解釋下去。

「我很想相信妳，但請妳別再說了。」

「卡萊特……」席爾貝爾以哀傷的目光瞅著他，似是有什麼苦衷。

正在這時，一道低沉的男聲不識相的插話進來，「卡萊特先生，真巧，居然在這裡遇見你。」

卡萊特及席爾貝爾將目光移到一個衣著講究、西裝筆挺的男人身上，而那男人也往他們的方向走了過來。

「說書人？」卡萊特發現地上的塵土隨說書人的腳步跨出而揚起，他皺皺眉，心中很不願在此見到這個男人。

「日安，兩位。」說書人臉上泛著的笑容，與他背後的陽光融為一體，看來很迷人。

席爾貝爾朝說書人微笑點頭，卡萊特則擺起臭臉，連招呼都不願打。

說書人觀察面前男女不自然的互動，他咳嗽幾下，找話題的說：「我剛才聽見你們在講森林女神的事，不知道是否為卡萊特先生想找的魔女？或者，你們對我的故事有興趣，我可為你們指引一些方向……或許當陽光射穿黑森林的濃霧，銀髮魔女將無所遁形！」

席爾貝爾受驚的瞪大雙眼，她對說書人說的話感到很不舒服，慌忙抱著布匹離開。

卡萊特見席爾貝爾離開，便生氣地說：「你故意說那些話把她逼走，是不是存心的？你有什麼陰謀？」

說書人失笑道：「你一定要這樣想嗎？其實，我做的這一切都是為了你！」

卡萊特不信的瞪著他。

「你不想聽上次那個魔女故事的後續嗎？你不想知道如何尋找隱藏在森林的魔女？她們可不會傻傻的等你去找，你要用點腦筋去想。」

「可惡，你在拐著彎罵我笨？」

「我只是說實話罷了。」說書人一臉親切的微笑，「好了，我長話短說。雖然魔女住在森林裡，但是當她走進人群時，便會巧妙的掩藏自己的身分，使人不致看出她的真面目……比如說以魔法改變自己的髮色，或是故意化上醜妝，看起來就像普通少女。」

「什麼？」卡萊特聞言，吃驚地看著說書人，「你是說……魔女可以改變自己的外表？」

「正是如此，就算魔女偽裝成老婆婆，她也有辦法立刻恢復本來美艷的面目。這點小伎倆對魔女而言不算什麼，她們向來擅長欺瞞與說謊，還喜歡玩弄人類的感情。」

說書人發現卡萊特的臉色變得越來越難看，他左半邊的臉頰因而泛起了喜悅的光彩。

他這次一定要在「遊戲」之中獲得勝利。無論什麼手段，他都要把遊戲導向對自己有利的發展不可。只要他操控好卡萊特這枚棋子，想必與季默下的這一局棋，他一定會獲得最終的勝利！

說書人眼中閃耀著自信的光芒，對卡萊特見縫插針地說：「怎麼樣，你也很痛恨魔女吧？說不定這是你復仇的機會，或許你可以到森林求證看看……」

「求證什麼？」卡萊特立刻問道。

說書人講話的方式一直在吊人胃口，他說得欲言又止，直到看見卡萊特眼底迫不及待的神色，才緩緩說道：「你心裡不是已有答案了嗎？你所憎恨的魔女，就在這座黑森林，只要你帶著銀笛，就一定能找到她。」

卡萊特站在原地，聽著說書人誘惑的低語，他感到自己的內心籠罩在一片漆黑之中。那種感覺就像因為逃不出惡夢，只能躲藏在夢境中，直到他從夢中醒來之前，永遠無法獲得救贖。

一陣風吹過黑森林，四處都是樹葉沙沙作響的搖曳聲。

卡萊特走在人人懼怕的黑森林裡，他並不害怕，心裡還很期待夜后或魔女出現在他面前。

是的，她們最好現在出現，這樣他就不用想法子找出魔女……等見到魔女，她最好殺了他，這樣他痛苦的人生才能得以解脫。

卡萊特深吸口氣，眺望著遠處的綠茵山谷，感受到沼澤地刺鼻的氣味惡意的飄了過來。

他不後悔拋棄自己一向喜歡的清新空氣、明媚的天空景色，當他想起魔女，便把憎恨魔女當成一種著魔的興趣。

「銀色的頭髮與眼睛……」他用力咬唇，憤怒的從喉中迸出每個字的發音，卻沒發現心中某個角落隱隱作疼。

卡萊特心底竄出一道熟悉的聲音，重複以哀傷的口吻輕輕問著……如果魔女就是她，他該怎麼辦？真能如願殺死魔女嗎？

到那時候，他真能握緊手中的短劍，毫不留情地刺進她的心窩嗎？

卡萊特的左手微微顫抖，無法自已的喘氣，此刻積在他心裡的，是一種逼近崩潰的感覺。他知道自己若不想辦法搶在崩潰之前，做出比這更瘋狂的事，他的精神會撐不下去……也許會瘋掉也說不定。

必須殺了她，必須殺了她，必須殺了她……

卡萊特喃喃自語，毫無發現逼近自己的細微腳步聲。

「等一下。」

一道男人冷淡的聲音響起。

「誰？」

卡萊特用力大叫，不然無法制止他發顫的心跳。

說書人哼了一聲，從卡萊特背後繞到他面前，並扣住他拿短劍的左手腕，用力一扭，令卡萊特痛得放開短劍。

看著短劍筆直地插進草地，兩人沉默不語。

卡萊特僵著身體，感覺到臉上的肌肉微微抽動。當他感覺到說書人身上傳來的低沉氣息，便有些神經質的喘氣。

「我不是教你來找魔女嗎？為什麼一個人躲在森林，拿著短劍想自殺？」

說書人瞪著卡萊特，眼中掠過一道陰暗的審視目光。

卡萊特用力推開說書人，因為手腕上傳來的一陣刺痛而全身冒著冷汗，他倔氣的扭開頭，罵道：「這與你無關。」

「你不想殺魔女了？」

卡萊特伸手抹掉臉上的汗，默默地說：「我只是在想魔女喜歡血，她要是聞到血腥味，或許會出現在我面前……我要殺了她，在還沒殺她之前，我怎樣也不會死！」

「你相信自己一定會親手殺死魔女，而不是被她殺死？」說書人的聲音聽起來有點興奮。

卡萊特揚起目光，從說書人的眼底發現不尋常的異樣，「你說什麼？我殺不殺魔女跟你有什麼關係？」

「能夠親眼見到真正的魔女，那是我夢寐以求的事情……所以，我一定幫你這個

忙。」說書人說完向後退了幾步，接著從腰上的槍袋拔出一把修長的銀槍。

耀眼的日光照在雕花的槍身上面，霎時激光四射，令卡萊特無法適應迎面而來的強光。

「你用槍對著我……難道你想殺我？」

說書人一改沉默的形象，俊秀的臉上掠過一絲陰狠的邪氣。他對卡萊特勸誘地說：「我是幫你才會動手。如果讓你自己一劍刺傷了筋骨，說不定等你殺了魔女，也會賠上音樂生命。」

年輕樂師被說中心事的表情，跟說書人想的一樣。那張臉混合著複雜的情緒，有害怕、惶恐、不安、猶豫。

「我以前是醫生，很清楚射到哪裡只會痛苦，不會要命。」說書人認真的看著卡萊特，加重口氣地說：「為了跟他的『遊戲』，你可不能這樣死了。」

卡萊特沒有聽清楚說書人話中的含意。他只知道無論是刺自己一劍，還是被說書人開槍打中身體，他勢必都要痛上一陣子。無所謂，誰下手都是一樣的。

卡萊特一邊想著，一邊不自覺鬆開握緊的手。

當一聲劃破天際的槍聲響起，嚇得鳥獸們紛紛躲進樹叢。

沒多久，這陣騷動就像往常一樣，又恢復森林原有的寧靜，只剩一道輕得幾乎聽不見的腳步聲，隨著被抖落的孤葉消失在黑森林。

此刻，在森林深處的一間木屋，響起規律轉動的紡車聲。

「奶奶，我出去散步了。」席爾貝爾穿戴好薄紗與斗篷，把自己的身體包得緊緊才敢出門。

坐在紡車前的老邁身影沒有回答，只是點頭。

席爾貝爾正打算離開這個她與祖母住了十幾年的老房子時，卻有隻紅色烏鴉飛向了她，好似通風報信的差使。

烏鴉不怕生的停在席爾貝爾肩頭，持續啞叫著。

少女頓足猶豫了一下，血色瞬間從她臉上褪去，「剛才有槍聲在響，一個金髮男人渾身是血的倒在地上？」

烏鴉叫了一聲。

「麻七，快帶我去，我要見那個男人！」

席爾貝爾著急的看著烏鴉，牠叫了一聲，直接飛進森林某處。

「席爾貝爾，妳要去哪裡？」

坐在紡車前面的老者停下轉動紡車的動作，回頭審視著孫女。

「去哪裡都行！奶奶，我出門了！」

見席爾貝爾神色匆忙的離開，連薄紗掉在地上也來不及撿。老者嘆氣的撿起薄紗，「席爾貝爾的弱點是人類與同情心，為什麼我有不好的預感……」

過了會，老者聽見遠處的腳步聲，於是起身迎向來人，「你是誰？」

穿著漆黑長袍的男子撥動金髮，露出一臉神祕的微笑，道：「是來提供妳銀笛情報的人。」

「你說什麼?」老者大驚。

「或者，妳可問問妳的孫女。」男子將手劃至胸前，行了一個禮，道：「夜后。」

隨著時間流逝，地點來到森林的另一處。

席爾貝爾發現卡萊特的時候，他渾身的血沾濕綠茵的草地，臉色蒼白得簡直像快死了一樣。

「卡萊特，你怎麼會受了那麼重的傷?是被誰開槍射傷的呢?你聽得見我對你說話嗎?」

卡萊特飄忽的意識感覺到有人抱著他的身體，語氣溫軟而急切的呼喚著他。當他

勉強撐起眼皮，從模糊的視線中發現來人是席爾貝爾，便逞強的伸手想把她頭上的罩帽掀開。

『一定要確認她的身分。』

「卡萊特？」席爾貝爾深鎖眉頭，雙眼含淚的瞧著他。

『如果妳是魔女，我會先殺了妳……然後我再自殺。』

席爾貝爾被動的看著卡萊特，她不瞭解他的想法。但是卻知道，他受傷的原因一定跟自己有關。

她哀傷的看著卡萊特，眼淚流個不停，「卡萊特，你拚命動著嘴唇，想跟我說什麼？」

卡萊特看著席爾貝爾，他好想把這些話告訴她。但是他被說書人開槍打中的地方實在太痛了，卡萊特承受不了劇烈的痛苦，隨即倒向席爾貝爾懷裡暈死過去。

當卡萊特對痛苦的記憶仍難以忘懷的同時，他發覺自己陷在一個長夢裡面。

他覺得自己陷在夢裡的世界很久了，那與他住慣的家並不相同。他不願離開，因為那個世界非常美好，簡直像在雲端天堂似的。

這些沒有消散的夢，不時在卡萊特體內翻攪，直到他灰暗的靈魂變得明亮。他心想，自己不該不負責任的沉醉在夢裡，然而為自己活著的感覺卻讓他歡喜得不願醒來，這便說明了寄藏在卡萊特內心的祕密。

他厭倦充滿仇恨的人生卻無力抗拒，只有在幸福的夢裡才能讓他發自內心的微笑。但是那個夢有些奇妙，除了每天定時響起的機械轉動聲，便是少女的歌聲。

溫柔的歌聲讓卡萊特非常喜歡，甚至想請求延續歌聲，不要停歇。就在這個當下，他動動眼睛，醒了。

眼前那片模糊的景象，讓人很難一下子看清楚，它慢慢地在卡萊特眼中變得清晰，直到一種冰涼觸感碰上他的手，卡萊特才像被什麼惡夢攫取般的嚇醒過來。

「你醒了？肩膀還痛嗎？」給予他冰涼觸感的人柔聲問。

眼前模糊的身影有一頭黑色長髮，以及銀色的眸子。卡萊特將視線移到床邊，發現席爾貝爾蹲在他面前。

她的眼底盛著不安，神情充滿苦痛，遠勝任何能給卡萊特的想像，那是超越一切苦難的哀傷。卡萊特意識到這種感情，他真希望自己不要清醒，一旦從美好的夢回到現實，他就必須計畫如何揭穿席爾貝爾的身分。

「是妳救我的？」為了讓自己看起來無知與害怕，卡萊特加重口氣的問道：「我怎麼會在這裡，這是妳家嗎？」

卡萊特沒有感謝席爾貝爾妥善醫治他，反而一心想求證魔女與席爾貝爾的關連。

席爾貝爾看著他，說道：「這裡是我家，你在森林被盜獵者誤傷。烏鴉趕來通風報信，這才救了你。」

「妳會跟烏鴉溝通？」卡萊特故意裝出驚訝的樣子，心裡卻在搜集她是魔女的證據。

「很奇怪嗎？我不知道這對你而言是件奇怪的事。」席爾貝爾低頭說道：「奶奶跟我說，以前人類可以跟動物溝通，直到人類吃下禁忌的果實，犯下大罪……」

「妳滿口人類，好像妳不是人類似的。」卡萊特深深注視著她的銀眸。

席爾貝爾沉默的模樣彷彿有口難言，她為了避開卡萊特的視線，便伸手繫緊披風領子。

「我躺了多久？」卡萊特問。

「十幾天了，起初我揹你回來的時候，奶奶說救不活你，我一直求她，她才勉強治你身上的槍傷。」

見卡萊特想要起身，席爾貝爾挨到他身上，壓著他的手，急切地說：「你還不能起床，奶奶在你肩上傷口挖出那顆子彈，挺疼的吧？」

卡萊特扭扭肩膀，隨即被一陣刺骨的痛扭曲他臉上的表情。

席爾貝爾知道卡萊特在看她，當他用那對藍色眸子專注的看著自己，她就發現他的眼神藏著悲苦。她無法移開視線，只好努力說話湊熱氣氛。

「上次你說你家人的事，後來怎麼樣了？」

「什麼？」

卡萊特不由自主的跌進席爾貝爾銀亮的眼眸。光是看著她，他有種想把魔女的事脫口而出的衝動。

「你說魔女殺了你家人……如果你找到魔女了，打算怎麼辦？」

卡萊特吸了口氣，重新振作精神。

「如果找到她，我一定會殺她。」他眼神凌厲的掃向少女。

見他那種不尋常的憎惡神情，席爾貝爾一句話也不說，只是嘆氣，「看你變成這樣，我真的很難過。一個笑起來就像陽光一樣溫柔的人，卻被仇恨改變了心靈。」

「妳有什麼資格教訓我？妳看妳那對銀色的眼睛就像魔女，妳才要小心不會讓那些曾被魔女殺害家人的遺族怨恨！」

聽見自己衝口而出的氣憤話，卡萊特愣了愣，發現他終於說出來了。如果讓席爾貝爾當成是一句玩笑話，或許兩人的命運就會截然不同了吧？

但，這顯然是他們避也避不掉的問題。

席爾貝爾站起身，背對著卡萊特說道：「好吧，如果我是魔女，你打算怎麼對我？」

卡萊特沒想到席爾貝爾會對他說這句他一直想聽的話，一時也呆了。

「你要殺我嗎？如果你這麼做會比較高興的話，請你把我當成那晚殺你全家的魔女，用你懷裡那把短劍刺進我的心臟吧。」

看著席爾貝爾的背影，卡萊特從她的話中聽出另一層意義——她可能已經發現他身上藏著的兇器。如果是這樣，她為什麼還要救他？

席爾貝爾背對著卡萊特脫下斗篷，並從房間桌子拿了一瓶藥水，將它直接淋在長髮上，接著響起一陣毛髮被燒灼的聲音。

等圍繞在席爾貝爾髮上的煙霧散去，卡萊特看見她那頭烏黑的長髮，像褪色似的露出與他記憶中相同的澄銀髮色。

卡萊特已經吃驚的說不出話。

席爾貝爾不發一語的拿起一罐藥霜，在臉上塗塗抹抹。直到她除去面紗，緩緩轉

身過去，以沉默哀傷的神色看著卡萊特。

卡萊特沒想到卸下醜妝的她，竟有一張美麗的容貌，而那張臉卻該死的與他記憶中的魔女完全吻合。

「這是我本來的樣子，我一直想讓你看看我真正的樣子。卡萊特，你想對我復仇嗎？」

卡萊特感覺自己臉上每一條神經都在顫抖，他不願意想像席爾貝爾變成魔女的模樣，她好不容易卸掉偽裝，卻讓他感覺悲傷。

「妳是魔女？」他發顫的笑聲比哭還難聽，「為什麼不繼續騙我？為什麼要把妳自己逼到死角去？還是當妳聽我說起魔女的事，妳正在心裡偷笑我的愚蠢？是這樣嗎？妳看著我的悲苦，覺得很愉悅？」

席爾貝爾輕輕搖頭，當她的髮絲遮住眼角，正好為她擋掉溢出的淚水。

「我跟你一樣從小活在恐懼之中，雖然我的母親是魔女，但是我知道，我不能跟母親一樣憎恨人類。自從我在廣場看見你跟孩子玩在一起的樣子，我就很想加入你們的世界……我一直在想，如果我告訴你這件事，你會明白我的感覺是不是？」

卡萊特氣急的看著眼前少女，發怒的咆哮道：「我怎麼可能會明白啊！妳是魔女，我是人類，在我們當中早就注定有一個人要死！妳的母親既然殺了我的父母，那妳就代替妳的母親受罪！」

席爾貝爾嘴角扭出一個苦笑的角度，又把臉轉了過去，「你始終不能明白這種感覺，而我也願意被你殺死。不用說了，你殺死我吧，不能跟你成為朋友，又要被你憎恨……你不會瞭解我的心有多難過。」

雖然席爾貝爾的聲音如此哀傷，但對此時的卡萊特而言，日益加劇的復仇之心，早就讓他毫不猶豫地抽出懷裡那把短劍。他悄悄地跳下床走向席爾貝爾背後，舉起劍，正要報仇以慰雙親之苦——

席爾貝爾卻在那時突然轉身，以銀亮的眸子望著卡萊特，那是一種憐憫的眼神，彷彿能夠包容卡萊特施捨給她的一切憎恨。

即使那樣不公平的命運擺在他們面前，她依然選擇接受它。

席爾貝爾期待的看著卡萊特，她準備被他殺死。

可是卡萊特的短劍擱在半空，他刺不進席爾貝爾的胸口，也扔不掉短劍。在這令人難以忍受的僵持局面，他只是看著她，整個身體都在顫抖。

他該恨她嗎？還是把她當成這世上最愛的人呢？

卡萊特握緊刀柄的手無意識的鬆開，於是短劍落在地上，發出一道輕響。那瞬間，他就知道自己愛上了這個溫柔的魔女。

不必任何言語的約定，他愛她，就是這麼簡單。

她是魔女的後代，也是他必須憎恨的人，但是他無法下手，即使他恨她。

卡萊特情不自禁的愛上席爾貝爾，這比永遠的孤寂還要教人感到痛苦。除非殺了他，否則沉落在他心裡的仇恨會主宰他的靈魂，他是這麼想的。

「為什麼是妳？」卡萊特忍著肩上的傷，跪在地上痛喊，「我的人生又要變得黑暗了，妳殺了我吧，我不想恨妳！」

席爾貝爾扶起卡萊特，用悲憫的神情說：「卡萊特，我很痛苦。當你說魔女殺害你的家人，我就知道總有一天你會來找我……別讓憎恨繼續汙染你的內心。我希望能幫你的忙，讓你恢復成那個開朗的卡萊特，我好想聽你的演奏。」

「不可能！」卡萊特垂著頭，除了發出負傷野獸的叫聲，他幾乎都在沉默，「妳不曉得那對我而言，簡直像永無休止的夢魘死追著我！根本沒有一天可以忘掉，妳不是我，不能體會我的痛苦。」

「你聽我的故事好嗎？」席爾貝爾跪在地上，雙手捧著卡萊特的臉，柔聲問。

他滿臉疲倦的看著她，「我不確定可不可以相信妳。」

「你什麼也不用做，只要聽就好了。」她平靜地述說：「在我剛出生的時候，我和我的父母、奶奶一家人住在黑森林，與外界的人類互不相犯。有一天，奶奶的收藏品被人類偷走了，她失去理智的想把東西找回來，可是她找不到，於是……」

「於是怎樣？」卡萊特擔心的問。

席爾貝爾沉痛的閉上眼睛，「那是我這一生不願去回想的情景，我的奶奶是夜后，她將內心那把憎恨的火焰投向了城市，就此封閉森林。人類無法明白夜后的痛

苦，只能憎恨我的父母，把我們當成異端者看待，還在森林放了一把火，想讓我們一家人被活活燒死。」

「我的母親為了保護我們一家人，因而發狂……我知道兩者相爭的後果是誰都不會得救。最後母親在臨終前拚命保護我，只有我跟奶奶活了下來。」

「我不想因為自己的命運而去恨誰，如果我變成那樣……卡萊特，我就不能遇到你了。」

他眼神空洞的看著她，沒有回應。

席爾貝爾終於忍不住失聲哭了出來，兩行清澈的淚水滑過她的臉頰，讓她看起來像淚人兒一樣。

「我不知道這是不是命運的安排，我想讓我們兩個人都不要被悲傷的過去扭曲心靈……你能明白嗎？卡萊特，我不是魔女，我跟你一樣都很孤獨。」

卡萊特心中充滿震撼，那是兩種衝突情緒下的無所適從。當他將憤怒與苦悶化為尖銳的話語刺向席爾貝爾，她卻正面承受這份憎恨，並且溫柔地待他……知道席爾貝

爾的過去以後，卡萊特發覺內心強烈的憎恨都消失了。取而代之的，是希望保護席爾貝爾的感情。

他相信自己被魔女迷惑了。但是他知道，那種迷惑是一種叫做愛的感情。

「妳說得對，我拿仇恨消磨自己的人生實在沒有意義……真是的，我以前都在做什麼啊？我……我竟然毫無理由的憎恨妳！」

席爾貝爾看著卡萊特，當她被他溫暖的手捧住臉頰，便不自覺的流出欣喜的淚水。

突然一陣砰然作響的推門聲介入兩人。席爾貝爾回過頭，發現她的奶奶夜后站在門邊，一臉發怒的瞪著他們。

「奶奶……」她話還沒說完，隨即被夜后推開。

「他傷好了嗎？把他趕走！我不容許人類傷害我的孩子！」

席爾貝爾求情地說：「奶奶，卡萊特不是壞人，他跟我一樣可憐！求求您讓他留在這裡把傷養好再走！」

卡萊特看著面前的老媼，他走了幾步，從懷裡掉下一樣銀光滾滾的物體。

夜后眼神發直的瞪著地上那枝銀笛，「噢！這個東西……」

卡萊特不明白夜后為何語氣顫抖，便愣愣的說：「這是我父母給我的遺物。」

「遺物？你這個小偷！我這十年來一直找不到銀笛，原來藏在你身上！」

「奶奶，這是誤會！」

席爾貝爾擋著夜后，不讓她接近卡萊特。

「偷去我銀笛的人類都該死！妳走開，讓我殺了他！」

席爾貝爾見狀，將膝蓋用力的跪在地上，祈求地看著夜后。

「席爾貝爾，妳做什麼？」

「奶奶，我從沒求您替席爾貝爾做過什麼，除了這個男人的事以外……請您放過他吧。」

夜后怒道：「席爾貝爾，妳是魔女！硬要跟人類在一起，妳只會死得更快。」

席爾貝爾堅定的回答，「過去的悲劇不能再重複發生了，奶奶！」

這聲感嘆並沒有改變夜后對卡萊特的憎恨。她訝異地看著跪在地上的兩人，渾身顫抖的低笑出聲。

「人類，你不但偷走銀笛，甚至連我的孫女都不放過。」夜后張開雙手，大吼一聲，「我要你付出代價！」

夜后指著兩人，用狂笑的聲音不斷咆哮著。

「不，我可以解釋銀笛的事！」

夜后聽見卡萊特的回答，露出猙獰的笑容，「你不知道我真正的樣子吧？今天我就讓你見識一下！」

夜后伸手捏住臉上的皮肉，將它用力撕開。一道冰冷的旋風圍在老嫗身邊，冒出裊裊上升的黑煙。出現在兩人面前的，竟是穿著一襲黑紫色華服的美艷女性。

卡萊特錯愕的看著眼前光景，如果說給別人聽，應該沒有人會相信吧。

「夜、夜之女王……」

情勢非常危急。席爾貝爾拿起桌上的藥水灑向夜后，藉以分散她的注意力。

「卡萊特，你趁現在快逃！」

卡萊特從地上拿起銀笛並奪門而出，聽見身後傳來夜后憤怒的叫聲。雖然他想回去帶席爾貝爾走，卻已迷失在夜晚的黑暗森林。

第四章　魔女的紡紗歌

Zweiter Aufzug : Silber Am Spinnrad

錯失良機的夜后瞪著席爾貝爾，一步步逼上前去，她狂怒的笑容讓席爾貝爾無路可退，最後跌坐在地。

「妳好大膽！居然為了一個男人背叛我！那個人說的沒錯……妳早就知道銀笛的下落，是不是！」

席爾貝爾搖頭，「奶奶，我並沒有背叛妳！」

夜后氣呼呼的看著她，過了會，露出詭異的笑容，「算了！反正人類不可能逃得出我的森林！現在要拿回銀笛，還有機會。」

席爾貝爾警覺的望著夜后，心裡有最壞的預感。

夜后的嘴唇動了幾下，手裡出現一把短劍，接著交給席爾貝爾，「看見這把短劍了嗎，很鋒利是不是？將它拿去吧，妳得殺了他，把銀笛帶回來。」

席爾貝爾不情願地說：「奶奶！我做不到！」

夜后把短劍塞到席爾貝爾手中，恨聲道：「告訴妳，我渴望向人類報復的念頭有如地獄的烈火，妳若不殺了那個奪走銀笛的男人，我們的祖孫關係從此一刀兩斷！」

「奶奶！」

席爾貝爾即使被夜后以親情相逼，依然無法接受這項殺人的請託。

天啊，她應該去殺人嗎？她怎麼做得到？

夜后見席爾貝爾猶豫的神情，不禁放柔了口吻，勸誘地說：「孩子，銀笛是我珍貴的寶物，絕對不能落到自私的人類手中，妳要代替我去做這件事，明白嗎？」

當席爾貝爾抗拒的望著夜后，隨即換來夜后的憤怒與咆哮。

「我告訴妳，如果妳敢再背叛我，我就放火燒了森林，讓妳跟他一起死！」

儘管席爾貝爾感到無助痛苦，卻依然走進夜晚的森林，然後在一個可看見月亮的林蔭處遇到卡萊特。再次相會的兩人欣喜不已，好像經過劫後餘生似的。

卡萊特瞄到席爾貝爾手上尖銳的銀光，錯愕地問：「妳為什麼拿著短劍？」

席爾貝爾僵硬的意識讓她無法說謊，嘆道：「卡萊特，當我看著你，不禁想著我們的未來應該有一些東西存在……如果你願意相信我說的話，就請你饒恕我，因為我竟想遵守對奶奶的承諾將你殺死。」

卡萊特浮出笑容，接著將席爾貝爾的手放在他的雙手之中，「我把生命交給妳，隨便妳處置。」

他炙熱的目光深深望進她的眼底，沒有一刻捨得移開視線。

席爾貝爾忍不住抬頭，卻從他的眼中看見自己的銀色眸子……她見到卡萊特的微笑，便瞭解自己心跳逐漸加快的理由。

彼此相望的兩人雖然沒有說話，卻早已默認了這份心意。

突然間，卡萊特聽見整座森林發出被火舌吞噬的聲音，他回頭望，身後隨即變成

一片火海。他急著帶席爾貝爾逃走，卻覺得眼前的情景似曾相識。

卡萊特雙手撐著頭，難以抵擋從眼前襲捲而來的暈眩與炙熱，彷彿他曾在什麼地方，感受過這種被火紋身的苦楚！

兩人一路上跑跑停停，但是卡萊特心底卻浮起一幕幕似曾相識的畫面……

年幼的卡萊特趴在森林的木屋窗戶上，眼睛盯著桌上的銀笛。他想起有個美麗的金髮姐姐告訴他，這裡有一枝漂亮的銀笛。

閃爍著動人光芒的銀笛，好比一罐甜美的毒藥。它將人誘到最危險的角落，驅使卡萊特犯下不可挽回的過錯。

他悄悄溜到屋裡拿了銀笛，誰知他一轉頭，看見一頭銀髮的女孩子站在門邊。卡萊特生怕她要告狀，將她推開之後，拿著銀笛想要逃跑。

『不要走，你拿了它會後悔的。』小女孩握住銀笛，用祈求的眼神看著他。

但是，她與卡萊特僵持不下的結果是銀笛被他搶走。

斷續的記憶似乎到此結束，再接下來的畫面便出現了銀髮魔女……不，那是夜后，還是魔女呢？

夜后帶來的瘋狂笑聲與蔓延至城市的火炎，那是卡萊特忘也忘不掉的慘劇。

席爾貝爾擔憂的看著卡萊特，「我們還在森林，你的肩膀在痛嗎？」

他搖搖頭，張嘴想說其實將夜后逼得發狂的元兇，是無知挑起悲劇的自己。但是看著席爾貝爾，卡萊特卻開不了口。

「卡萊特，吹銀笛吧！你或許不知道，只要吹起銀笛就可解開森林的結界！」席爾貝爾沒有察覺卡萊特的神情，只是催促著。

卡萊特隨即以銀笛吹奏一曲，這時他們眼前密布的森林立即發出顫抖聲。席爾貝爾見狀，又拉著卡萊特沒命的逃，直到逃向城市，兩人才稍作停歇。

圍繞在森林的大火持續擴張，鄰近森林的住家也受到波及。一切都像十年之前的往事重演，人們的哀叫聲與痛苦的吶喊，讓卡萊特用手遮住耳朵，不願再聽了。

從火勢裡生還的人們，見到銀髮銀眼的席爾貝爾，莫不指著她斥責的大叫。

「魔女！以前我也聽說有一個銀髮魔女在城市放火，傷了不少人，就是她！因為

她有銀色的長髮，銀色的眼睛！」

「可怕的魔女，這次又想放火燒死我們嗎！」

「我聽說陛下剛好就在城裡。」男人抓住席爾貝爾，狠狠的看著她，「走，跟我到審判所向陛下認罪！」

「認什麼罪？森林的大火不是她放的！」卡萊特推開抓住席爾貝爾的男人，大聲叫道：「是夜后！」

突然一聲馬嘶激昂的響起，數道馬蹄聲便遠遠的從石子路上傳了過來。

「吾皇，火災是從這裡蔓延開的。」

一道令人熟悉的聲音，隨著作響的馬蹄聲出現在卡萊特面前。他永遠不會忘記那個男人有一頭秀逸的金色捲髮，以及一身可笑的服裝……那個人是弄臣季默。

這時，卡萊特聽見另一道沉重的男人聲音，不禁吃驚的瞪大眼睛。

「本王從剛才就聽到市民紛紛喊著有火災……發生了什麼事？」

卡萊特與席爾貝爾抬頭一看，立即與騎在馬上的男人對上目光。

歐羅夫斯基見到席爾貝爾，立即讚嘆少女攝人的美貌。他原以為世上最美的事物頂多像卡萊特的銀笛那樣美，但是，他終於找到遠勝銀笛的美好事物了！

一個市民插嘴說：「陛下，這個女人是引起火災的魔女，請審判她！」

席爾貝爾膽怯的抬頭，發現那男人就是歐羅夫斯基。不知為何，他的眼神令她有些不舒服。

「吾皇，微臣耳聞十年前一場大火，奪走很多人的性命。」

弄臣盯著卡萊特，露出詭異的笑容，「魔女擁有常人不能想像的力量，應該處以火刑！」

歐羅夫斯基看著弄臣，似乎不太高興，「我說季默，不先把事情查清楚就隨便定罪……是不是太草率了？」

季默怎麼會聽不出皇帝的心思呢？他笑了笑，又說：「吾皇聖裁，所以微臣認為，要是魔女願意歸順您，就饒她不死。」

席爾貝爾搶話說：「我拒絕，就算我是魔女，也不需要依靠陛下的力量保命。」

歐羅夫斯基憤怒地說：「如果不從，本王就判妳斬首之刑！」

「我不會跟你去的。」她的口氣仍然強硬。

歐羅夫斯基用力抓著韁繩，目光落到卡萊特身上，「妳不來，我就殺了他，把放火的罪名加在他頭上。」

少女的臉色變得慘白，不由得放棄抵抗，讓士兵將她帶到歐羅夫斯基身邊。

「席爾貝爾！」

卡萊特想握住她的手，卻被季默用力推開。

一群被火災波及的市民為皇帝喝采，並簇擁著逮捕「魔女」的士兵離去。

那時候，卡萊特發現人群裡似乎有張熟悉的面孔。他沒有心思去想，只能望著少女被別的男人帶走，他什麼都不能做。

卡萊特跪在地上，為自己的無能為力而悲嘆。

「你居然沒有殺了她。」

在看戲的人群鼓掌著叫好離去的同時，卡萊特聽見耳邊響起說書人無情的聲音。

他抬頭看著灰髮男子，臉上表情蒼白如紙，眼底只有錯愕。

說書人漠然的望著卡萊特，眼底一點感情都沒有。

「軟弱的傢伙，趴在地上做什麼？等誰給你糖吃嗎？」他陰狠的聲音毫不留情地取笑卡萊特，伸手硬拉他站起來。

「我該怎麼辦？她被歐羅夫斯基帶走了！」卡萊特叫道。

「別慌。」

說書人壓著他的肩膀，用一種厭惡的眼神看著卡萊特，直到把他看得打了一個哆嗦，才陰陰的笑道：「你做得好，居然選了一個最壞的結局，沒把魔女殺了，還哭哭啼啼像個吃奶的孩子。」

「我殺不了她！」卡萊特用像哭的聲音說。

「現在唯一的方法就是讓她死，這才能救她。」

卡萊特吃驚地說：「她不能死！還有，你是從哪裡過來的？剛才你遠遠的站在那邊看，究竟是何居心？如果你早點來的話……」

「我可幫不了你。」說書人冷哼一聲，鄙視卡萊特的說道：「這齣歌劇的主角是你，不是我。」

即使瞪著說書人，或是哀求他，看來他也不會幫忙了。

卡萊特心裡掠過這個絕望的念頭，當他望著被大火燒燬的森林，想起夜后，便不顧市民阻止的再次衝進黑森林。

「夜后！妳在哪裡？妳的孫女席爾貝爾被皇帝捉走了！妳能幫我救她出來嗎？」

卡萊特跑進森林，四下環顧著，他到處走走停停，卻始終不見夜后的身影。

「夜后！」

他拉長脖子喊著，忽然感到背後被一道風吹得發抖。

卡萊特轉身，發現夜后就站在他身後。

他發愣的盯著夜后那對充滿恨意的黑色眸子，卡萊特覺得就算夜后要殺他，他也會獻上自己的命……只要確認過席爾貝爾的安全之後，他願意一死！

兩人相視許久，夜后才說：「席爾貝爾怎麼樣了？」

「她被皇帝以燒燬森林的罪名帶走了，她會被當成魔女審判，妳得救她！」

「這是你向人求情的口氣嗎？」夜后憤憤罵道。

卡萊特跪在夜后身邊，用手抓緊她的裙襬，哀求道：「請妳幫我這個忙！如果妳願意讓我去救席爾貝爾，就算妳要殺我也可以。」

「你以為我不能現在就殺了你？」

「何不讓他試看看呢？妳那個在宮廷的孫女，勢必要被扭曲成邪惡的來源，那樣的話她必死無疑。」

一個輕巧且急促的腳步聲，插進兩人的談話。

夜后看著說書人，嘆息道：「既然是為了席爾貝爾，那就沒辦法了。」

她動動嘴唇，手心攤開後多了一只小瓶子，裡頭的黑色液體微微發亮。

卡萊特伸手要拿，夜后卻向後退了一步。

「這是能夠在喝下後的十五分鐘內，進入假死狀態的假毒藥，它能讓服用者看起來就像毒發身亡。我可以把藥給你，但是你要付出代價，把你的聲音給我。」夜后說。

卡萊特起先非常猶豫，但是當他的腦海裡浮現席爾貝爾落淚的臉，卡萊特認為自己就算失去聲音也無所謂，只要席爾貝爾回到他身邊就好。

「妳拿走我的聲音吧。」

夜后不等卡萊特說完，逕自用長長的尖指甲從卡萊特的脖子抓出一團光芒。

卡萊特驚訝的想要叫出聲音，但他似乎已經無法說話。

這樣也無所謂，至少他還能彈琴，席爾貝爾還會回來……

「快帶這藥去救席爾貝爾！找到她之後，我們的事以後再說！」

夜后說完，逕自轉身離去。

說書人見卡萊特臉色欣喜，於是便問：「你想過怎麼進宮沒有？」

他搖搖頭，臉色像被潑了冷水一樣僵硬。

「算了，我帶你一起入宮。」說書人看著卡萊特，淡淡說道：「我跟帶走魔女的傢伙也有一筆帳要算。」

第五章 魔女的紡紗歌

Zweiter Aufzug : Silber Am Spinnrad

說書人帶著卡萊特來到托爾堡，他們正要進城，沒想到守衛城門的士兵立即攔住他們。

「你們是誰？有沒有通行證！」

說書人見卡萊特又要衝動，便暗中壓著他，對士兵微笑地說：「我們一個是說書的，一個是樂師，皇帝陛下召我們入宮。」

一個士兵疑惑的開口要問，卻與另一個士兵同時看到說書人的眼眸發出一道光芒，他們隨即以死板的聲調答道：「是，沒有問題，請進。」

「走吧。」

說書人提起皮箱，習慣性的拉低帽簷，領著卡萊特進入城堡。

卡萊特注意著說書人的一舉一動，忍不住好奇心的看著他。

說書人接收到卡萊特的目光，便道：「你不需要這樣看我，你的任務就是把藥平安地交給魔女，時間不允許你們拖拖拉拉的，知道嗎？」

兩人漫無目的地走在城堡之中，可是不管怎麼走，好像都不是皇帝的寢宮。

卡萊特焦慮的四處張望，卻突然被一個陌生的聲音喊住。

「喂，你們就是在不該來的時候闖入的麻煩傢伙吧。」

卡萊特向後望，看見一個穿著大臣打扮的男人走了過來。他心想該不會他們擅闖進來的事，被士兵傳開了吧？

卡萊特求助的看著說書人，對方卻一臉平靜，似乎沒什麼反應。

「陛下有交代，商人進城的時候，帶他們去給席爾貝爾小姐挑選喜歡的雜貨！你們就是晚幾天過來的商人，是不是？」

這異常沉默的時間對說書人與卡萊特而言，實在無法再忍耐下去。卡萊特注意到說書人握緊拳頭，他猜想說書人有可能想要揮拳相向，但是那個男人卻露出一種溫柔的微笑，簡直怪透了。

「我們是樂師和說書的，想賣席爾貝爾小姐幾個故事，請問她的房間怎麼去？」

大臣咳了幾聲，指著前面一條長廊，「我領你們過去，跟我來。」

三人走到一個房間，大臣推開門叮嚀道：「你們到底也是男人，不要在這裡待太久。」

說書人說：「明白，這是我們的一點心意。」他暗中放了一串金古爾登（當時的貨幣）在大臣手裡，眼底帶著暗示的笑意。

見大臣走了，兩人才一起走進房間，卻發現席爾貝爾坐在床邊發呆。

席爾貝爾聽見推門聲抬頭，立刻難以自制的向前奔去，忘情的擁抱心愛的男人。

「卡萊特，你為什麼要來這裡？一定費了很多力氣才進來這麼危險的地方吧……你為什麼不說話？」她發現卡萊特沉默的神色有些不對勁。

卡萊特搖頭，並從懷裡拿出藥瓶。

「這是夜后給妳的藥，喝了它會在十五分鐘內進入假死狀態。妳一死，皇帝自然放棄妳，這樣你們才能平安回到森林。」說書人飛快的解釋。

席爾貝爾抬頭，隱約知道卡萊特沉默的原因，她顫抖地問：「你該不會拿自己的聲音跟奶奶交換藥了吧？你好傻！為什麼……」

「別說這麼多了，還不快點！」說書人一邊插嘴，一邊防備的看向門邊，「卡萊特，你把藥交給她之後就跟我走。」

席爾貝爾哀求道：「等一下！再給我一點時間！」

她看著卡萊特，眼底盛滿哀傷。

事實上，卡萊特也很哀傷，他面色沉重的看著席爾貝爾，心中的苦無處可說。

這兩人不顧一切，只是一心一意的沉浸在悲情之中。

「卡萊特，我沒跟你說，當年你拿走銀笛的時候，我曾經見過你。」

卡萊特搖頭，把懷裡的銀笛交給她。

「你應該帶銀笛走，用它換回你的聲音。」

席爾貝爾又把銀笛還給卡萊特，同時緊緊抱住他。

說書人站在一旁，靜靜看著眼前這對男女互相做下愛的約定。

他並不清楚那是什麼感覺，他只知道如果這是童話故事的一幕，要是結局斷在這裡，說不定比卡萊特殺了席爾貝爾還好一點。

說書人以為人的仇恨心是無法被抹除的，因為他自己是如此……也總是認為，只要自己能成功地把魔鬼殺了，任何代價都在所不惜。

他自從遇見魔鬼，就一直憎恨著那傢伙，恨到將以前自己那種溫厚的性格完全抹煞，變成現在這個就算為了復仇，利用別人的感情也不在乎的自己。

是他錯了，還是因為愛？

愛究竟有什麼魔力，可以讓不同世界的兩人緊緊糾纏，任時間流逝，就只為了留住相聚的這一刻？

一個人的恨若能轉變成愛，這將是世上最不可思議的力量。

說書人雖然覺得很愚蠢，但是在他心底的某個角落，竟然也感到了好奇。

突然間，一個放肆的敲門聲響了起來，更擅自推開門走進房裡。

卡萊特不安的看著來人，心裡浮現了一個名字。

那個利用皇帝的權力，四處胡作非為的弄臣——季默。

說書人震驚的回頭，看見男人戴了一頂黑色毛帽，足以包住他的頭髮，只露出幾撮金色瀏海。

季默邁開腳步，像一隻搜捕獵物的狼環視著室內。他的眼神銳利，泛起笑意的臉龐充滿發狠的殺氣。

「我聽說有商人要賣故事給吾皇的寵妃，覺得懷疑就過來看看，沒想到你們居然敢在城堡幽會，了不起。」

當他走向說書人，眼裡溜過放在桌上的藥瓶便順手拿起。

說書人朝季默冷冷說道：「那是我的。」

「這是什麼？」季默問。

「人魚的眼淚。」說書人不耐煩的胡扯。

「哈！有趣的東西，多少錢，我買。」

說書人對季默的存在感到刺眼，語氣充滿輕蔑的說：「賣誰都行，就是不賣你。」

卡萊特以為季默會找席爾貝爾的麻煩，一心只想保護她不被別的男人傷害。但是他卻發現，說書人與季默似乎認識，因為他們打招呼的方式看起來不像陌生人。

「這可糟了，因為我最喜歡奪人所愛了。」

季默搶走藥瓶，轉身跑了出去。

說書人一時氣不過，也跟著追出房間。他心裡曉得季默故意那麼做，想必有話要說。

說書人追到房外走廊，沉聲大喝，「站住！」

季默停下腳步，回頭給說書人一道好看的笑容。

說書人瞪著季默，「把藥給我。」

「你說這是藥？」季默走向說書人，試探的問：「不知是救人的藥，還是害人的藥？」

說書人氣得咬牙切齒，恨恨地瞪著季默。

「還記得我們的遊戲嗎？那個憎恨魔女的不幸男人會殺了她，還是兩個人一起死？」

季默把身體靠在說書人背後，得意地輕聲笑道：「我也有一瓶藥，你要不要猜看看是怎麼來的？」

說書人伸手推開季默，不料被他閃避過去。說書人憤怒的伸手摘下季默帽子，錯愕的看著他，「你的頭髮？」

季默撩撩變短的髮絲，隨即從褲子口袋拿出兩個藥瓶，形狀大小一模一樣。

「記住，不是只有你們才能見夜后，我也跟她要了一樣東西，用我漂亮的頭髮換來的，如何？」

「你好卑鄙！」說書人緊閉著唇，吐出的字句充滿了憤恨。

「是你太天真了，我怎麼可能讓你一個人得到好運呢？說書人，你越恨我，我就越開心，你還不明白遊戲的潛規則嗎？我給你一個扭轉劣勢的機會吧，你挑挑看哪一瓶才是你的藥……這是喝了會讓人假死的藥對吧？不曉得我有沒有說錯？」

望著季默攤開的手心，兩邊各放著一瓶藥，說書人很清楚，為難別人向來是季默的興趣。

說書人突然笑了，「你真了不起，季默……不，應該叫你魔鬼。」

季默瞇著眼，也是微笑：「你也很聰明，知道看場合說話。來，快選一選，遊戲也該到此結束了。」

見他這麼堅持要玩二選一的遊戲，說書人只好照季默要求的走過去，假裝要挑瓶子。

說書人並不打算讓季默有壞自己好事的機會。於是便觀察季默，利用他沒有防備的時候，抄起他手裡兩個瓶子，轉身就跑。

「你敢背著我逃跑，我可不會輕易原諒你。」季默從靴子抽出暗藏的手槍，頂著

說書人的背，陰陰笑道。

「我只不過重複你的行為。」

說書人暗自竊笑著，將手裡的藥瓶用力扔了出去。

當藥瓶重重地摔在地上，裝在玻璃瓶的黑色藥液一下子濺得滿地都是。

季默看著面帶得意笑容的說書人，又看向遠處被摔碎的瓶子，他雖然氣得想當場殺了說書人，但過了一下子卻又笑了。

「你以為你扔掉的是我的毒藥，如果那是救人性命的藥，那怎麼辦？」

說書人聞言，不由得想起自己剛才一時情急，只好隨便扔了一瓶藥出去。季默的話確實有他的道理，但是無論如何，他都不能讓季默發現自己的心思。

「你誤會了，我扔的是你的毒藥，我可不像你想的那麼笨。」

「哼，我們的遊戲就在這裡做一個結束吧！」季默惱羞成怒的轉身離去，眼底還帶著嫉恨的火焰。

這可不好，惹火那種陰險的人，沒人知道他會做出什麼瘋狂的事。

說書人試著推論季默的心理，沒過多久，他立刻猜出那傢伙的選擇，一定是向皇帝告發席爾貝爾和卡萊特幽會的事吧！

說書人心裡暗叫不好，便立即趕回房間，打算力挽狂瀾。

季默的動作很快，沒多久就領著氣急敗壞的歐羅夫斯基來到席爾貝爾的房間，撞上正在難分難捨的兩人。

歐羅夫斯基氣得發抖，沒想到他的城堡守衛如此不嚴密，什麼人都闖得進來。

這位皇帝陛下固然生氣，但是他的心裡卻不願意傷害席爾貝爾。他只想聽她的回答。

「陛下，我無法歸順您，而您也無法理解我的想法。所以您有兩個選擇……要是您不願意放了我，就賜我死刑吧。」

卡萊特震驚的看著席爾貝爾。

「一個女人的死，還用不著弄髒吾皇的手。」季默陰森森的目光掃向說書人，惡毒的勾著嘴角，「說書人，拿出你剩下的那瓶藥，讓我們試試它的毒性有多強。」

卡萊特難以置信的看向說書人，而說書人也很明白卡萊特的意思。

難道他剛才扔出去的瓶子，真的是自己的藥？

「你們還在猶豫什麼？快點！用一瓶藥交換生存的代價，不是很值得嗎？」季默不耐的催促。

席爾貝爾走向歐羅夫斯基，微微欠身，「陛下，我能說一句話嗎？」

歐羅夫斯基神色慌亂的看著她。

「真正煽動人心、製造事端的並非魔女……純粹的魔女沒有那種可怕的力量，在這些人當中，究竟誰才是你們所謂的魔女呢？」

席爾貝爾看見說書人攤開的手心有一瓶藥，她完全沒有顧慮，當場拿起它仰頭喝下。在不到一分鐘的時間，隨即倒地。

所有人見此情景，都愣住了。

季默是第一個有反應的，他走到少女身邊，蹲下身去探她的鼻息。

「哼，脆弱的身體。」

「什麼意思？」歐羅夫斯基問。

「吾皇，魔女已經伏法。」弄臣臉上有著裝模作樣的悲傷神情。

說書人看著季默，季默也在同時給了說書人一種得意又詭異的笑容。

看到席爾貝爾死去，歐羅夫斯基非常傷心，「我不願看到她的死狀，你們帶她離開吧。」他手揮了幾下，掩著臉走了。

對這位皇帝來說，席爾貝爾也許是他生命中最不應該遇到的女人，歐羅夫斯基因為自己的佔有慾，進而奪走她的生命。

他從一開始就是外人，就連最後擁抱席爾貝爾的權利也沒有。如果，他能早一點把席爾貝爾還給卡萊特的話……

不，一切都太遲了。

卡萊特撲通一聲跪倒在地，他萬念俱灰的看著席爾貝爾的屍體，見到她的表情安詳，他幾乎以為人不可能這麼輕易死去。

他將手放在她的臉上，以為席爾貝爾在睡覺，誰知她已沒有一絲氣息。卡萊特便將席爾貝爾整個人攔腰抱起，一步步的走出房門。

卡萊特嘴唇無聲的動著，他神情沉重，好像在交代最後的遺言。

妳是魔女，不可能這樣就死了，只是靈魂飛回森林了吧？

我們究竟做錯什麼？我們只是因為一個意外才會相遇，也許這個意外本身就是一種錯誤。這一切都沒關係了，因為我要帶妳回到那個地方，然後我跟妳一起……

被卡萊特扔在原地的說書人與季默，陷入了死寂的沉默。

說書人僵直身體，錯愕的回想掠過腦海的種種畫面，他感覺全身發抖，臉上流滿冰冷的汗水，心裡被一種懊悔的感覺佔據，遲遲無法恢復理性。

他不斷的捫心自問，為何事情竟不如自己想像的發展，莫非在這件事的某個環節出了差錯？不應該是這樣的，為什麼？

說書人眼前突然浮出一個念頭，立刻惱怒地看向季默，「是你破壞的，對吧？」

「我不曉得你說什麼。」季默微笑道。

「你為什麼知道夜后的存在？」說書人問。

季默愉悅的欣賞說書人火大的神情，他俏皮的眨眼，「你都可以激起那個樂師對魔女的仇恨心，我為何不能去找夜后，把銀笛的事告訴她呢？」

「你竟然這麼做！」說書人憎恨的看著季默。

季默不像說書人被強烈的震撼打擊，而是誇張的大笑不停，「哈哈哈！說書人呀，你還是白費心機了，承認你已經輸了吧！我早就說過，人類會為了愛變得愚蠢。即使仇恨當前，也會因為一時心軟下不了手！」

說書人陷入不可自拔的憤怒，「你難道沒有一點罪惡感？那個魔女本來可以不用死，是你的毒藥殺了她！」

季默聞言，笑得更是開心，他沒等說書人發飆就自己揭曉答案，「你還真是蠢耶，那根本不是什麼毒藥，你跟我的瓶子裝的都是同一種藥，也就是在喝下後的十五分鐘內，會進入假死狀態的假、毒、藥。」

聽著季默帶著喘息的笑聲，說書人揪起他的黑衣領，憤怒的瞪著他。

季默看著說書人的臉，嘴角不禁得意的一勾，嘲笑地說：「我就愛看你無力的樣子，多迷人！」

說書人使勁地向季默揮出一道正拳，急忙奔出房間，去阻止那個不可挽回的悲劇。

不曉得席爾貝爾服下假毒藥，卡萊特獨自抱著她走到弗蘭肯近郊，一個很像黑森林的地方。

天氣非常寒冷，大地被一片靄靄的白雪掩蓋，靜謐無聲。

卡萊特將席爾貝爾的身體平放在雪地上，他坐在她身旁，以銀笛吹奏各種曲子給她聽，只因為席爾貝爾說過想聽他的演奏。

直到最後一首樂曲「愛中死」結束，這意味著兩人即將走入在愛中死去的結局。

卡萊特將銀笛擱在地上，忍著心中悲憤的感情，勉強擠出微笑並貪戀的看著席爾貝爾，最後他從懷中拿出在城裡買來的毒藥，一飲而盡。

這個時候對兩人來說，才是悲劇真正的開始。

當卡萊特喝下毒藥，他卻看見席爾貝爾的眼皮跳了跳，接著醒了過來。

席爾貝爾雖然訝異自己為何死而復活，但是她轉頭一望，發現身邊卡萊特的嘴角不斷噴出血絲，她嚇得臉色蒼白，淚水隨即溢出眼眶。

「卡萊特？你難道喝了……不！停止，不要！」

她悲痛欲絕，聲音也叫啞了。

說不出話的卡萊特，只給了席爾貝爾好看的微笑，身體便往她懷裡倒下。

席爾貝爾感受不到心愛男人的身體重量，只聽見重物落地的聲音。也許她的靈魂在卡萊特死後，跟著被掏空了。

在她眼前發生的這個悲劇，讓席爾貝爾徹底絕望。她拿起卡萊特手裡緊握的藥瓶，將瓶口往嘴邊一倒，卻發現連一滴毒藥都沒有了。

「卡萊特，你不要我跟你去嗎？不，讓我用你身上的短劍，追隨你而去吧。即使你陷在地獄，我也要找到你不可。」

少女從卡萊特懷裡找出短劍，將它毫不猶豫的刺向心口。當艷紅色的血花模糊她的視線，少女心中感到無比的幸福。

席爾貝爾用盡剩餘的一絲力氣，倒向心愛的男人身邊。她知道，他們會在另一個世界重逢，誰都不能拆散他們了。

說書人一路狂奔，他爬上石階，找到卡萊特最有可能會帶席爾貝爾去的地方。既然黑森林已被燒毀，離這裡最近的森林就只有弗蘭肯近郊可以去。

當他背著月光，登上那座位於山腰的雪森林，看到了那幕景象。

月光柔和地灑在雪地，映著兩個互相依偎的身影。在月光下漸漸僵硬的兩具屍體，臉上各自帶著微笑，就像長眠一般的閉上眼睛。

一陣山風拂過森林，恰巧吹起灰髮男子遮住右臉的髮絲。

四周的氣氛似是被遍地的白雪凝結，什麼聲音都沒有，只有說書人的喘息聲。

他說不出那是什麼感覺，如果不是哀傷與罪惡感在作祟，心頭又為何一陣陣的抽痛？

當他陷入憂鬱與悲哀的絕頂，就再也無法保持理性與冷漠。

不知為何，說書人竟覺得他不該與季默硬將兩個世界的人湊在一起。如果那種抽痛的感覺就是罪惡感，如今這個結局，也許是季默給他的懲罰。

當山風靜了下來，天空就開始下雪了。從天空降下的紛飛白雪，似乎要將這兩人

的屍體掩蓋在大地之下。

一道踩雪的腳步聲，冷不防從說書人身後響起。

「你覺得心痛嗎？」

說書人緩緩轉身過去，漠然的看著季默，一句話也不說。

「最好別想跟我玩打賭的遊戲，你這種認真的人玩不過我。」季默帶著淺笑說道：「你不覺得當你越想得到好結局，就越是得不到？別傻了，王子與公主從此過著幸福快樂的日子，這種無聊的愛情一點也不適合你。」

「你只在乎你能不能得到快樂吧？」說書人感到全身血液正在翻騰，他痛恨答應季默玩遊戲的自己，「你只想藉由否定別人的行為來肯定自我，在你心裡根本沒有感情這種東西，對不對？」

「當然囉。我可是否定的精靈，挑撥人心的是非與猜忌，向來就是我的興趣。讓他們死在一起……哼，我還嫌自己心腸太軟。」

說書人心中複雜的感情讓他無法思考，他只是看著季默，眼裡沒有憎恨，沒有哀傷。他讓自己像過去一樣看盡生死，頭也不回的轉身離去。

他留下那道長長的腳印，深深印在雪地，被漫天飄落的白雪再次掩蓋。

雪地被寧靜的月光照射著，進而反射出一道閃爍的銀光……那是個寒冷的滿月之夜。

幻影歌劇～來自魔鬼的請柬～完

敬請期待 《幻影歌劇》 綺想曲 魔鬼的顫音

最喜歡鮮血的魔鬼，只有一樣東西能吸引他，那就是慘劇。

朋友，你在等待《幻影歌劇》第二集的開演嗎？

請不要著急，讓我利用中場休息的時間，為你娓娓道來一個交織希望與悲哀的故事。

說書人是我的別名。我在過去曾經相信陽光與愛情，卻因為在夢中遇到那個傢伙，最終使我痛失一切。

當通向禁忌與背德的歌劇之幕被命運揭開，在這個充滿幻影的歌劇之夜，你……逃得出來嗎？

Komische Oper

作者後記

Herzlich willkommen，Komische Oper！（德語，意即歡迎來到歌劇之城）

《幻影歌劇》的讀者們日安，我是烏米。

這次很榮幸可以出版這部作品，這是我始料未及的發展，感謝我的編輯，他被我折磨得很慘，不曉得他是否開始後悔出版這套書了呢？（笑）

同時謝謝和我搭檔的綠川明老師，多虧有她替我繪製美麗的小說封面，讓作品的華麗感更為真實！

這是我和繪師二度合作的商業作品，希望讀者喜歡這個作品。

作者後記

《幻影歌劇》是描寫一部圍繞在歌劇城市周遭，由不同人事物建構而成的悲喜劇。兩位主角說書人與魔鬼，他們站在各自的立場角度看待每一段歌劇故事，為了阻撓對方的計畫，用盡心機，想辦法在「遊戲」中獲得勝利……大概是這樣的故事。

如果讀者覺得作品好像有開薔薇花的錯覺，請不要吃驚！這朵花會繼續盛開的。

我們在第二集《綺想曲》見了，Auf Wiedersehen！（德語，意即再見）

繪師後記

Komische Oper

各位好，我是綠川明，很高興能再次擔任烏米老師作品的插畫！

這次封面的角色是是本作的主角說書人，背後的剪影是《魔女的紡紗歌》中的席爾貝爾。下一集的封面就能讓大家見到本作中的大反派魔鬼了（笑）。

閱讀本作讓我感受到，善與惡的界線、是非對錯、黑與白、光與影……相對的兩極在天秤的兩端巧妙交替著。

說書人與魔鬼的競爭，今後也會持續下去。兩人的互角在穿越層層葛藤後，所能見到的景象到底是……？

繪師後記

希望讀者們能陪著我們看到最後，期待下次的相見！

※註：歡迎到作者的Blog（http://lr.cp68.net/）上跟我們分享您對本作的心得，預定每集都會有小禮相贈喔！

飛小說。
We Love
Easyfly.
自己的天空，自己做主！
更多專屬好康優惠&精彩書訊
是
否

·免排隊 不用錢·
典藏閣，好禮獎不完
日本限量餅乾機、PSP、樂高相機、統統送給你！
活動時間：2011年05月17日起至2011年09月26日止。
BISQUI Q-POT PHONE
活動辦法
只要購買任何一本《飛小說》系列小說，並填妥書後「讀者回函卡」，
寄回新北市中和區中山路2段366巷10號10樓「不思議工作室」收，
即完成參加抽獎程序，大獎每個月都等你來拿！
2011/07/05抽出第一階段得獎名單。未得獎者可繼續下次抽獎。
2011/08/16抽出第二階段得獎名單。未得獎者可繼續下次抽獎。
2011/09/28抽出第三階段得獎名單。
2011/10/18抽出終極大獎！所有活動參與者，皆有權參加。
MENU
精采好禮
第一階段獎項：
樂高數位相機（市價2,980）1名
造型橡果喇叭（市價1,480）1名
第二階段獎項：
PSP遊戲主機（市價6,980）+
精選PSP遊戲兩款（市價1,480）1名
花樣年華包（市價1,200）1名
第三階段獎項：
九藏喵公仔（市價1,000）3名
終極大獎：
本限量時尚餅乾手機（市價23,800）1名
樂高數位相機
造型橡果喇叭
九藏喵公仔
九藏喵筆記本
DNAXCAT
得獎公佈
得獎名單公佈，以官方網頁（http://www.silkbook.com）為準，
並於名單公佈後三日內通知得獎者。
小提醒：詐騙猖獗，如遇要求先行匯款，請撥打165防詐騙專線。
＊詳細活動內容，以官方部落格公佈為準
想增加更多得獎機會？快上FB不思議工作室粉絲專頁：http://www.facebook.com/book4es
主辦單位：典藏閣
協辦單位：采舍國際 www.silkbook.com
贊助單位：華文聯合出版平台 www.book4u.com.tw DNAxCAT

☞您在什麼地方購買本書？☜

☐便利商店＿＿＿＿＿☐博客來　☐金石堂　☐金石堂網路書店　☐新絲路網路書店

☐其他網路平台＿＿＿＿＿☐書店＿＿＿＿＿市／縣＿＿＿＿＿書店

姓名：＿＿＿＿＿地址：＿＿＿＿＿＿＿＿＿＿＿＿＿＿＿＿＿＿＿＿

聯絡電話：＿＿＿＿＿電子郵箱：＿＿＿＿＿＿＿＿＿＿＿＿＿＿＿＿

您的性別：☐男　☐女

您的生日：＿＿＿＿＿年＿＿＿＿＿月＿＿＿＿＿日

（請務必填妥基本資料，以利贈品寄送）

您的職業：☐上班族　☐學生　☐服務業　☐軍警公教　☐資訊業　☐娛樂相關產業

☐自由業　☐其他＿＿＿＿＿＿

您的學歷：☐高中（含高中以下）　☐專科、大學　☐研究所以上

☞購買前☜

您從何處得知本書：☐逛書店　☐網路廣告（網站：＿＿＿＿＿＿＿＿）　☐親友介紹

（可複選）　☐出版書訊　☐銷售人員推薦　☐其他

本書吸引您的原因：☐書名很好　☐封面精美　☐書腰文字　☐封底文字　☐欣賞作家

（可複選）　☐喜歡畫家　☐價格合理　☐題材有趣　☐廣告印象深刻

☐其他＿＿＿＿＿＿＿＿＿＿

☞購買後☜

您滿意的部份：☐書名　☐封面　☐故事內容　☐版面編排　☐價格　☐贈品

（可複選）　☐其他

不滿意的部份：☐書名　☐封面　☐故事內容　☐版面編排　☐價格　☐贈品

（可複選）　☐其他

您對本書以及典藏閣的建議＿＿＿＿＿＿＿＿＿＿＿＿＿＿＿＿＿＿＿＿＿＿＿＿＿＿

＿＿＿＿＿＿＿＿＿＿＿＿＿＿＿＿＿＿＿＿＿＿＿＿＿＿＿＿＿＿＿＿＿＿＿＿＿＿＿

＿＿＿＿＿＿＿＿＿＿＿＿＿＿＿＿＿＿＿＿＿＿＿＿＿＿＿＿＿＿＿＿＿＿＿＿＿＿＿

✌未來您是否願意收到相關書訊？☐是　☐否

✍感謝您寶貴的意見✍

✌From＿＿＿＿＿＿＿＿＿＿＿＿@＿＿＿＿＿＿＿＿＿＿＿＿＿＿＿＿

♦請務必填寫有效e-mail郵箱，以利通知相關訊息，謝謝♦

印刷品

$3.5
請貼
3.5元
郵票
不思議信箱
FUSIGI POST

235 新北市中和區中山路二段366巷10號10樓

華文網出版集團 收

（典藏閣－不思議工作室）

不思議工作室

「年輕、自由、無極限」的創作與閱讀領域

為什麼提到奇幻的經典，就只會想到歐美小說？
為什麼創意滿分的幻想作品，就只能是日本動漫？
為什麼「輕小說」一定要這樣那樣？

站在巨人的肩膀上，是為了看得更遠。
讓我們用自己的力量，打造屬於自己的文化！

不思議工作室，歡迎各式各樣奇想天外的合作提案。
來信請寄：book4e@mail.book4u.com.tw

不論你是小說作者、插圖畫家、音樂人、表演藝術工作者……
不管你是團體代表，還是無名小卒。
不思議工作室，竭誠歡迎您的來信！
官方部落格：http://book4e.pixnet.net/blog

我們改寫了書的定義

董 事 長　王寶玲
總 經 理　兼　總編輯　歐綾纖
出版總監　王寶玲
印 製 者　和楹印刷公司

法人股東　華鴻創投、華利創投、和通國際、利通創投、創意創投、中國電視、中租迪和、仁寶電腦、台北富邦銀行、台灣工業銀行、國寶人壽、東元電機、凌陽科技(創投)、力麗集團、東捷資訊

◆台灣出版事業群　新北市中和區中山路2段366巷10號10樓
TEL：02-2248-7896
FAX：02-2248-7758

◆倉儲及物流中心　新北市中和區中山路2段366巷10號3樓
TEL：02-8245-8786
FAX：02-8245-8718

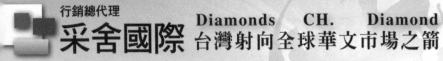

幻影歌劇/烏米作. -- 初版. --新北市：
華文網，2011.06-
冊；　　公分. --(飛小說系列)
ISBN 978-986-271-063-0(第1冊：平裝). ----

857.7　　　　　　　　　　　　100008286

幻影歌劇 -komische oper

-來自魔鬼的請柬-

飛小說系列002

幻影歌劇01-來自魔鬼的請柬

飛小說。 We Love Easyfly.

出版者■典藏閣
作　者■烏米　繪　者■綠川明
總編輯■歐綾纖
製作團隊■不思議工作室
郵撥帳號■50017206 采舍國際有限公司（郵撥購買，請另付一成郵資）
台灣出版中心■新北市中和區中山路2段366巷10號10樓
電　話■(02)2248-7896　傳　真■(02)2248-7758
物流中心■新北市中和區中山路2段366巷10號3樓
電　話■(02)8245-8786　傳　真■(02)8245-8718
ISBN■978-986-271-063-0
出版日期■2011年6月

全球華文國際市場總代理／采舍國際
地　址■新北市中和區中山路2段366巷10號3樓
電　話■(02)8245-8786　傳　真■(02)8245-8718

全系列書系特約展示門市
橋大書局
地　址■台北市南陽街7號2樓
電　話■(02)2331-0234
傳　真■(02)2331-1073

新絲路網路書店
地　址■新北市中和區中山路2段366巷10號10樓
網　址■www.silkbook
電　話■(02)8245-9896
傳　真■(02)8245-8819

線上總代理：全球華文聯合出版平台
主題討論區：http://www.silkbook.com/bookclub　◎新絲路讀書會
紙本書平台：http://www.silkbook.com　◎新絲路網路書店
瀏覽電子書：http://www.book4u.com.tw　◎華文電子書中心
電子書下載：http://www.book4u.com.tw　◎電子書中心（Acrobat Reader）